赵丽宏

赵丽宏散文精粹

求真向美　启智养心

岁月的目光

赵丽宏◎著

优美典雅的文字　饱含真情和智慧

陶冶感动了几代读者

值得青少年收藏品读的经典美文

海峡出版发行集团 THE STRAITS PUBLISHING & DISTRIBUTING GROUP | 福建少年儿童出版社 FUJIAN CHILDREN'S PUBLISHING HOUSE

图书在版编目（CIP）数据

岁月的目光／赵丽宏著. 一福州：福建少年儿童出版社, 2016.1（2016.6重印）
（赵丽宏散文精粹）
ISBN 978-7-5395-5505-8

Ⅰ.①岁… Ⅱ.①赵… Ⅲ.①散文集一中国一当代 Ⅳ.①I267

中国版本图书馆CIP数据核字(2015)第278354号

岁月的目光
——赵丽宏散文精粹

作　　者：赵丽宏

出版发行：海峡出版发行集团
　　　　　福建少年儿童出版社
地　　址：福州市东水路76号17层　　邮　　编：350001
http://www.fjcp.com　　e-mail:fcph@fjcp.com
经　　销：福建新华发行（集团）有限责任公司
印　　刷：福建省地质印刷厂
地　　址：福州市金山浦上工业区红江路C区17幢
开　　本：700毫米×1000毫米　1/16
字　　数：118千字
印　　张：12　　插页：2
印　　数：10091-20110
版　　次：2016年1月第1版
印　　次：2016年6月第2次印刷
ISBN 978-7-5395-5505-8
定　　价：18.00元

目　录

向真，向善，向美（代序）

——赵丽宏散文对于少年读者的意义

在中国现当代作家中，赵丽宏也许是作品被收入教材最多的作家之一。他的散文《雨中》《望月》《学步》《山雨》《与象共舞》《顶碗少年》《囚蚁》等，被选入人教版、苏教版、鲁教版、北师大版、鄂教版、中国香港版等小学教材，《为你打开一扇门》《假如你想做一株腊梅》《炊烟》《致大雁》《蝈蝈》《周庄水韵》《晨昏诺日朗》《在急流中》《青鸟》等篇，被收入人教版、语文版、苏教版、浙教版、上教版、中国香港版、新加坡版等二十五种中学教材，另有收入各类大学教材的散文若干。

如此规模的作品被收入教材，对一个作家来说，无疑是成功的标志，也是一种荣誉。但凡收入语文课本中的文章，“必须用词准确，结构谨严，行文流畅；还要拒绝做作的姿态和低俗的笔调”。更重要的是，对于刚刚接触人生和文字的学生来说，语文课本中的文章不但为他们打开了文学之门，同时也打开了一扇人生之门。

由此，我们便掌握了一把解读赵丽宏散文的钥匙。

然而，收入教材的文章只是赵丽宏散文世界的冰山一角，也并非全部是他最优秀的作品。赵丽宏的散文题材广泛、风格多样、数量巨大，其中更有不少比收入教材的文章更耐读、更有趣、更深邃的篇章。于是，我们才有了编选这套“赵丽宏散文精粹”的想法，精选出一批适合青少年阅读的文章，希望成长中的孩子能在赵丽宏斑斓多姿的散文世界里，亲近美与善、智慧与诗意，体验真实的人生和艺术的高妙。

我们常说，唯有师长和文学可以成为孩子成长的领航员。如果说，师长是用自己的人生经验来为孩子导航的话，文学便是承载了这些人生经验的故事。文学避免了抽象的说教，在潜移默化中让孩子感同身受，并受到启迪。而在所有的文学样式中，散文是最真诚、也最见作者心性和功底的一种文体。因其真，故而更具有亲和力；因其短小，也不需要考验阅读耐心；因其驳杂，更能启智和拓宽视野。对于成长中的孩子，阅读散文是一种与他们的认知习惯最为接近的方式，并且，他们也最容易直接从中汲取营养，提高表达能力和写作水平。

在中国当代作家里，像赵丽宏这样主要从事散文创作的作家并不多见，而单凭散文创作便赢得盛名的作家更是难得。写散文看似容易，写好却难。在所有的文体里，散文是最耗费心力的。它必须源自真实，以真性情为源泉，也仰赖人生阅历和学识修养的积累。散文一无定规，二无可依循的法则。散文是对心灵之泉的汲取，只有具备了一颗永不干涸、生机勃勃的心灵，才能滋养出那些灵动鲜活、浪漫诗意，同时还饱含了生活气息和智慧哲思的美文。

赵丽宏的散文世界多彩多姿，既叙写真实人生，也时作玄想；既谈艺论诗，也咏物抒情。无论是写日常生活、童年记忆、旅行屐痕、人情世事，还是谈读书、音乐、绘画、建筑、雕塑……处处可见散文最重要的灵魂——真诚。赵丽宏总是忠实地抒发自己的情志，袒露自己真实的心灵。这是作家的天性所致，也是他自觉要坚持到底的文学主张。好的文学作品，一定是基于作者的真诚，写出生活的真、人性的真、时代的真，而读者，也从作者的“真”中，获得文学力量的震撼和感召，并生出心灵的呼应。对于成长中的孩子来说，这恰恰是他们最需要的力量。赵丽宏的散文所给予他们的，便是这种向真、向善、向美的魅力的吸引。

而所有认识赵丽宏的人，都会以“真”来形容他的为人。无论世事变幻，他犹如礁石，守定了心中美与善的理想，在喧嚣中寻宁静，在烦扰中求纯真。在他的散文中，能读到人生的真实和无常，但无浅薄的戾气与抱怨；即便身处世俗功利的海洋，仍然寻求高雅的格调与灵魂的清澈。所谓“身处淤泥心有莲花”，用来形容赵丽宏散文中的精神世界是再恰当不过的。

文学能给成长以什么？对于刚刚接触阅读的青少年而言，阅读什么样的文学，也就能塑就什么样的灵魂与格调。这也是我们把赵丽宏散文推荐给少年读者的重要原因。这套“赵丽宏散文精粹”共分七卷。

卷一《永远的守灯人》，以叙事为主，收入了《童年的河》《小鸟，你飞向何方》《亲婆》《少年时代的秘密》等经典动人的篇章，是作家对生活、童年、亲情和历史的思考和描绘，其中有他真实曲折的人生足迹。

卷二《岁月的目光》，收入了《沉默》《历史》《日晷之影》等哲理和抒情意味较浓的散文，撷鸿爪片羽，咏风花雪月，探寻历史深处，也作浩渺的未来遐想，是作家对天地万物的谛察和感叹。

卷三《沉船威尼斯》，收入《周庄水韵》《晨昏诺日朗》《但丁的目光》《异乡的天籁》等旅行散文，其中的一些，被收入各地教材，也用作高考和中考试题，这些都不是简单的游记，而是融入了作家丰富的情感和思考，隽永耐读的经典之作。

卷四《躲进书里》收入的散文内容十分驳杂，谈读书，谈写文章，也谈音乐与艺术，寄托了作家对艺术之美的追寻和向往。

卷五《望星空》，是作家近年所写的欣赏古诗的心得和联想。读这些文字，会让少年读者感觉到，自己和古老的诗词之间未必远隔万水千山，在欣赏诗词之美的同时，也能获得一份幽远的宁静。

卷六《弦上的河流》浓缩了作家对古典音乐的情怀与畅想。作者用精巧的语言和蓬勃的想象，带领读者乘上音乐的航船，驶向古典与艺术的海洋。交响乐是惊涛骇浪，仿佛生命的激情汹涌澎湃；奏鸣曲是月下的清波，使灵魂在沉思中升华；小夜曲是扑上脚面的浪花，悄然拨动藏在心底的浪漫。

卷七《我和儿子是朋友》主要讲述了作家的儿子从降生到成人的点点滴滴，写的是儿子的成长故事，写的也是父亲的心灵故事；写的是生活中的琐事，写的也是脑海里的珍贵回忆；写的是父亲对儿子的引领，写的也是儿子对父亲的崇拜……

通过这七卷精选散文，少年读者将从中领略到作家赵丽宏丰富深邃的精神世界，经历一趟美好而真实的艺术与人生之旅；对于教师和家长来说，更可以从中获得会心一笑的共鸣。

编　者

2015.7

致大雁

一

在澄澈如洗的晴空里，你们骄傲地飞翔……

在乌云密布的天幕上，你们无畏地向前……

在风雨交加的征途中，你们欢乐地歌唱……

秋天——向南；春天——向北……

仰起头，凝视你神奇的雁阵，我总会有一阵微微的激动，有许多奇妙的联想，有一些难以得到解答的疑问……

大雁啊，南来北去的大雁，你们愿意在我的窗前小作停留，和我谈谈吗?

二

有人说你们怯懦——

是为了逃避严寒，你们才赶在第一片雪花飘落之前，迎着深秋的风，匆匆地离开北国，飞向南方……

是为了躲开酷暑，你们才赶在夏日的炎阳烤焦大地之前，浴着暮春的雨，急急地离开南方，飞向北国……

是怯懦吗？

为了这一份“怯懦”，你们将飞入漫长而又曲折的征途，等待你们的，是峻峭的高山，是茫茫的森林，是湍急的江河，是暴风骤雨，是惊雷闪电，是无数难以预料的艰难和险阻……然而你们起程了，没有半点迟疑，没有一丝畏缩，昂起头颅，展开翅膀，高高地飞上天空，满怀信心地遥望着前方……

是什么力量，驱使你们顽强地做着这样长途的飞行？是什么原因，使你们年年南来北往，从不误期？

是曾经有过的山盟海誓的约会吗？

是为了寻找稀世的珍宝吗？

告诉我，大雁，告诉我……

三

如果可能，我真想变成一片宁静的湖泊，铺展在你们的征途中。夜晚，请你们停留在我的怀抱里，我要听听你们的喁喁私语，听你们倾吐遥远的思念和向往，诉说征程中的艰辛和欢乐……

如果可能，我也想变成一片摇曳着绿荫的芦苇荡，欢迎你们飞来宿营。也许，当我的温柔的绿叶梳理过你们风尘仆仆的羽毛，掸落你们翅膀上的雨珠灰土之后，你们会向我一吐衷曲，告诉我许多不为世人所知的隐秘和奇遇……

当然，我更想变成你们中间的一员，变成一只大雁。我要紧跟着你们勇敢的头雁，看它是如何率领着雁阵远走高飞的。我要看看——

在扑面而来的狂风之中，你们是如何尖厉地呼号着，用小小的翅膀，搏击强大的风魔……

在倾盆而下的急雨之后，你们是如何微笑着抖落满身水珠，重新蹿入云空……

在突然出现的秃鹫袭来之时，你们是如何严阵以待，殊死相搏……

我要看看，在你们的战友牺牲之后，你们是如何痛苦地徘徊盘旋，如何伤心地呜咽悲泣。也许，你们会允许我和你们一起，围着那至死仍作展翅高飞状的死者，洒下一行崇敬的眼泪……

四

猛烈凶暴的飓风和雷电，曾经使你们的伙伴全军覆灭。在进行了悲壮的搏斗后，天空里一时消失了你们的队列，消失了你们的歌声；广阔无垠的原野上，撒满了你们的羽毛；奔腾起伏的江河里，漂浮着你们的躯体……

我知道你们曾悲哀，你们曾流泪，然而你们会后悔吗？你们会因此而取消来年的旅程，因此而中断你们的追求吗？

不会的！不会的！

当春风再度吹绿江南柳丝的时候，你们威严的阵容，便又会出现在辽阔的天幕上，向北，向北……

当秋风再度熏红塞外柿林的时候，你们欢乐的歌声，便又会飘漾在湛蓝的晴空里，向南，向南……

你们怎么会后悔呢！你们的追求，千年万载地延续着，从未有过中断！

我想象着你们刚刚啄破蛋壳的雏雁，当你们大张着小嘴嗷嗷待哺的时候，也许就开始聆听父母叙述那遥远的思念，解释那永无休止的迁徙的意义了。而当你们第一次展开腾飞的翅膀，父母们便要带着你们去长途跋涉……

我想象着你们耗尽了精力的老雁，当秋风最后一次抚摸你们衰弱的翅膀，当大地最后一次向你们展示亲切的面容，当后辈们诀别你们列队重上征程，你们大概会平静地贴紧了泥土，安心地闭上眼睛的——你们是在追求中走完了生命之路啊！

大雁，渺小而又不凡的候鸟家族啊，请接受我的敬意！

五

雁阵又出现在湛蓝的晴空里。

我站在地上，离你们那么遥远，然而我觉得离你们很近。我的思绪，常常会跟着你们远走高飞……真的，我真想像你们一样，为了心中的信念，毕生飞翔，毕生拼搏。

1982年春

石　禅 | 绘画

光　阴

谁也无法描绘出他的面目。但世界上到处能听到他的脚步。

当枯黄的树叶在寒风中飘飘坠落时，当垂危的老人以留恋的目光扫视周围的天地时，他还是沉着而又默然地走，叹息也不能使他停步。

他从你的手指缝里流过去。

从你的脚底下滑过去。

从你的视野你的思想里飞过去……

他是一把神奇而又无情的雕刻刀，在天地之间创造着种种奇迹。他能把巨石分裂成尘土，把幼苗变成大树，把荒漠变成城市和园林。他也能使繁华之都衰败成荒凉的废墟，使闪亮的金属爬满绿锈，失去光泽。老人额头的皱纹是他镌刻出来的，少女脸上的红晕也是他描画出来的。生命的繁衍和世界的运动全都由他精心指挥着。

他按时撕下一张又一张日历，把将来变成现在，把现在变成过去，把过去变成越来越远的历史。

他慷慨。你不必乞求，属于你的，他总是如数奉献。

他公正。不管你权重如山，腰缠万贯，还是一介布衣，两袖清风，他都一视同仁。没有人能将他占为己有，哪怕你一掷千金，他也绝不会因此而施舍一分一秒。

你珍重他，他便在你的身后长出绿荫，结出沉甸甸的果实。

你漠视他，他就化成轻烟，消散得无影无踪。

有时，短暂的一瞬会成为永恒，这是因为他把脚印深深地留在了人们的心里。

有时，漫长的岁月会成为一瞬，这是因为风沙淹没了他的脚印。

沉　默

无声即沉默。沉默有各种各样——

腹中空泛，思想一片苍白，故而无言可发，这是沉默。

热情已如柴薪尽燃，故而冷漠处世，无喜无悲，无忧无愤，对人世的一切都失去兴趣和欲望，这也是沉默。

有过爱，有过恨，有过迷茫，有过颖悟，有过一呼百应的呐喊，有过得不到回报的呼唤，然而却守口如瓶，只是平静地冷眼察看世界，这是沉默。

饱经忧患，阅尽人世百态，胸有千山万壑的屐痕，有江河湖海的涛声，然而却深思不语，这也是沉默。

一把价值连城的意大利小提琴，和一支被随手削出的芦笛，不去触动它们，便都是沉默，但沉默的内涵却并不一样。即便永远不再有人去触动它们，你依然可以凭想象听见它们可能发出的截然不同的鸣响。

一块莹洁无瑕的美玉，和一块粗糙朴实的土砖，放在那里也都是沉默。然而谁能把它们所代表的内容画一个等号呢？

其实，对活着的生命而言，真正的沉默是不存在的。沉默本身也是一种思想和心境的流露，是灵魂的另一种形式的回声。

有的人以沉默掩饰思想的空虚。

有的人以沉默叙述迷茫和惆怅。

有的人以沉默表达内心的愤怒和忧伤。

……

沉默常常是暂时的。就像古塔檐角下的铜铃，无风时，它们只是一种古色古香的装饰，一起风，它们便会发出奇妙的金属音响，似乎是许多古老故事的悠远的回声……

沉默的人们不也一样？

“沉默是金”，是怎样的一种“金”呢？这个“金”字中，可以包含正直、善良，可以代表淡泊、超脱，也可以是虚伪、圆滑、怯懦的一种托词……金子的光泽，未必是世界上最动人的光泽。

是不是只有死亡才是永远的沉默？

也许，死亡也未必是真正的沉默，灵魂的载体可以化为尘土，那些真诚睿智的心声，却会长久地在人心的海洋中引起悠长的回声……

冰霜花

一

你从南国来信，要我描绘北方寒冷的景象，这使我为难了。在地图上，我们这个城市是在中国的南北之间，冬天，远不如东北寒冷，比起你们花城，自然冷多了，凛冽的北风，也能刺人骨髓。然而很难告诉你，什么是这里冬天的特征。你想象中的冰天雪地，这里没有。对了，有一个很有趣的现象，值得向你描绘一下。

早晨醒来，我的窗上总是结满了晶莹的冰霜。这是一些奇妙的花儿，大大小小，姿态各异：有六个瓣儿的，像一朵朵被放大了的雪花；有不规则的，无数长长短短呈辐射状的花瓣布满了玻璃窗格。仿佛有一个身怀绝技的雕刻大师，每天晚上，都在窗上精心雕刻出新鲜的花样，使我一睁开眼睛，就得到一种美的享受，就感受到大自然和生活的多姿多彩……

大自然的创造，是人工所无法模拟的。窗上的这些冰霜花，实在是一个奇迹，每天出现，却绝不重复，千奇百怪，翻不尽的花样。看着它们，我总是感到自己的想象力太贫乏。它们似乎像世上所有的花儿，又似乎全都不像，于是，我想到了天女的花篮，想到了海底的水晶宫……如果是画家，他一定会从这些晶莹而又变化无穷的花纹中得到许多灵感和启示的。而我却只有惊叹，只有一些飘忽迷离的想入非非。我觉得它们是一朵朵有生命的花，是一首首无比精妙的诗……

二

太阳出来后，窗上的冰霜花便会渐渐融化，使窗户变得一片模糊，再也没有什么动人之处了。所以我有时竟希望太阳稍稍迟一些出来，能使这些晶莹的花儿多保留一些时候，让我多看几眼，多驰骋一会儿想象。

这些美妙的小花，只和寒冷做伴。我刚才说的那个雕刻大师，就是它——寒冷，呼啸的北风是它的雕刻刀。在人们诅咒着严寒的时候，它却悄悄地、不动声色地完成了它的举世无双的杰作。大概很少有人看见过冰霜花开放的过程，这也许可以算一个秘密，只有风儿知道，只有水珠儿知道。当那些游荡在温暖的屋子里的水汽，在窗上凝结成小水珠时，窗外的寒流，便赶来开始了它的雕刻。对小水珠儿来说，这种雕刻，可能是一场痛苦的煎熬，是一次生死的搏斗——柔弱而纯洁的小生命，面对强大的寒流，顽强地坚守着自己的营地，勇敢地抗争着。寒流终于无法消灭这些颤动的小生命，只是使它们凝固在玻璃上，成了一朵朵亮晶晶的花儿。

能不能说，冰霜花，是一场搏斗的速写，是一群弱小生命的美丽庄严的宣言呢？你可能会笑我牵强附会。但我从这些开放在严寒之中的小花儿身上，悟出了一个道理：美，常常是在艰难和搏斗中形成的。

三

是的，严寒为世界带来了灾难，却也造就了美。假如你看到被雪花覆盖的洁净辽阔的田野，看到北方人用巨大的冰块镂刻出千姿万态的冰雕冰灯，你一定会惊喜得说不出话来。而冰霜花，似乎是把严寒所创造的美全部凝集在它们那沉静而又精致的形象之中了。面对着它们，你也许再也不会诅咒寒冷。看着窗上的冰霜花，我也曾经想起南国的那些花，那些在炎阳和热风中优雅而又坦然地绽开的奇葩：凤凰花、茉莉花、白兰花、美人蕉、米兰……以及许多我从未曾有机会见识的南国花卉。在难耐的酷暑中，它们微笑着，轻轻地吐出清幽的芳馨。我想，它们，和这里的冰霜花似乎有着共同的性格，一个在严寒中形成，一个在高温下吐苞，都曾经历了艰难、痛苦和搏斗，却一样的美丽，一样的使人赏心悦目。无论在北方，还是在南方，我们的周围，总是有一些美好的东西在默默地生长着，不管世界对它们多么严酷。也许，正是因为形成在严酷之中，这些美，才不平庸，不俗气，才会有非同一般的魅力。

四

你看，我扯得远了。还是回到我要向你描绘的冰霜花上来吧。

然而遗憾得很，暖洋洋的阳光已经流进了我的屋子。窗上的冰霜花，早已融化了，像一行行泪水，在玻璃上无声无息地流淌，仿佛是因为失去了它们的美而悲哀地哭泣着。不错，冰霜花，毕竟不能算真正的花，看着玻璃窗上那一片朦胧的水雾，我心中不禁有几分怅然。不过，到明天清晨，它们一定又会悄悄开放在我的窗上，向我展现它们那全新的容颜。

1983年1月于上海

渡

一

因为有江，有河，有海，所以有了无数渡口，有了船，有了以摆渡为生的弄潮儿。

坐他人之舟过河惯了，无法体会摆渡的艰难。即便在风雨之中，在浪峰之间，也只是生出一种旁观者的惊叹……

仿佛这渡口、船和摆渡的船工是生来就有的，从水流在大地上汇成那一天起，他们便出现在世界上，成为江河湖海的附属物。

果真如此吗？

二

幸好有过失渡的焦虑和怅惘——在一条清澈而平静的河边，我遥望着对岸青青的山峰和幽谧的森林，梅花鹿在山坡上追逐，百灵鸟在林中唱歌……一个真正的童话世界在向我招手！可惜不能飞过去，也无法游过去。我奔跑着、呼叫着，想在河岸上找到一个渡口——如此平缓的流水，如此坦荡的沙滩，应该有一个渡口的。然而竟什么也没有，只有无数凌乱的脚印，在辽阔的河岸上描绘着遗憾和惆怅……

因为无法摆渡，童话一般的对岸终于可望而不可即。于是我突然意识到渡船的可贵。也许，正是有了无数次的可望而不可即的怅然和痛苦之后，奔腾的流水畔，才出现了第一个简陋的渡口——也许是一根木桩，也许是一个苇棚，然而却意义深远。而那第一只摆渡船，可能只是一根树木，一个竹筏，然而谁能否认它的伟大呢！

于是我开始珍视渡口，珍视每一次摆渡的机会。当越过无定的流水，踏上坚实的堤岸，道路一无遮拦地在脚下向前铺展时，当缥缈的远景撩开神秘的面纱，当遥远的童话变为现实，我，怎么能不深深地感谢渡口呢？

三

我也体验过摆渡船工的艰辛。

那是一次山区的远足，深涧挡道，野渡无人。一只小小的独木舟，嵌在两块巨大的岩石之间，仿佛在静静地期待着……

有篙，有桨，有船工所需要的一切——何不自己当一次摆渡的船工呢？

涧是墨绿色的，很窄，也没有风浪。舟子划到中间时，我方才发现，水流湍急，还有凶险的漩涡……我拼命挥着木桨，小船却不再前进了，只是徒然打着转转，随着急流漂向下游，船底不时在水下隆起的岩峰上磕磕碰碰，随时都有沉船和翻船的危险。漩涡一个接着一个，像一些不怀好意的阴沉的眼睛盯着我……

出了一身冷汗，总算抵达对岸了。然而，那是一个陌生的没有路的地方……

用一根长篙，用一身勇气和魄力，在未知深浅的水流中为后人开拓出道路，这是摆渡船工的自豪和光荣。要当一名真正的船工，我还差得远。

四

石　禅｜绘画

也许，太多的渡口，并不是智慧和先进的标志。

常常因此而有漫长焦急的等待，常常因此而不得不放慢前进的速度……

然而怎么能离开渡口呢？大地和道路上的裂缝决不会在一夜之间消失！也许，人生的路，也正是不断地从一个渡口到另一个渡口……

于是我盼望有更多的桥，甚至幻想生出腾飞的羽翼……

是的，我想做一个真正有智有勇的摆渡者。

1983年5月

夜，在海上

夜航和三位年轻的朋友坐在船尾的甲板上看海，看天。

海是墨一般的颜色，没有风浪，只有船体掠起的波涛，翻动着雪白的浪花，拖出一条条断断续续的白练，从船的两侧向后延伸，一直消失在黑黢黢的远方。看不见海平线，海和天被茫茫夜色连成了一体。抬起头来，不禁惊喜地“哦”了一声——满天繁星，把辽阔深沉的天幕点缀得热闹非凡，那么密集的星星哟，密集得几乎看不到一块巴掌大的干净的天。星星们互相眨着眼睛，分明在议论着什么神秘的事情。银河并不像河，倒像是一片弥漫在星星们之间的透明的烟雾，是星星们的絮语在无边无际的天穹中飘荡……于是，萦绕在耳畔的微微的涛声变得幽远而又朦胧，分不清是海的呻吟，还是天的呓语……

一颗流星闪电般划过夜空，陨落在海里。那转瞬即逝的光芒，仿佛是一声短促的预言，使我们的眼睛亮了一亮，心也猛地颤了一颤。然而不可能有什么奇迹可以预言的，每天有黑夜，每夜有流星……

“许愿吧，在流星的光芒消失之前喊出你的愿望，你就能如愿以偿！”朋友中的一位轻轻地说道。这原始古老的语汇，在此时此刻出现，竟显得自然而又神奇，谁也不觉得荒唐。于是，四双期待的眼睛，仰望着繁星闪烁的天空，各自把一个愿望郁积在喉咙口……

流星却再也没有出现。也许，它们也懂得，人间没有什么从天上掉下来的希望，所以躲得远远的。徒然无望的期待，迟早能唤醒四双陷入痴幻的眼睛……

我们的眼睛，居然同时在遥远的天边寻找到了目标。东方的天边，隐隐地亮起一片幽幽的白光，原先模糊不清的海平线现在能分辨出来了。白光似乎是从海里映射出来的，光芒虽然黯淡，却也照亮了和大海相接的狭长的一块天空。仰望中天，群星依然；环顾四周，海还是墨一般的颜色。这神奇的光，究竟来自何物呢？

我们面面相觑，谁也不知其所以然。

“会不会是远方岛国的灯光呢？”

“也许，有一艘大船……”

“也许……”

“……”

自己也无法相信这些幼稚的猜测。于是只能默然，默然凝望着天边的亮光，让许多新的猜测在心中一次次默默地涌起，又一次次默默地否定……

今夜的大自然，真正变得神秘莫测了！

亮光的区域在悄悄扩大，被照亮的夜空里，原来闪烁着的星星消失了，隐没在从黑黝黝的海里升起的亮光中。那里的海平线更加清晰了，海和天变得界线分明，在灰白的天幕下，墨色的海平线似乎在不安地起伏着，躁动着……

神秘、好奇、激动、恐惧……各种各样的情绪在心中回旋着，翻腾着，竟交织出一个强烈的愿望：不把这奇异的亮光弄个水落石出，我们决不走开，哪怕在甲板上坐他整整一夜！我们几个仿佛从在星空下消磨时光的闲客，一下子变成了焦急不安的探求者。谁也不再开口，只是注视着天边……

“火！”我们几乎同时惊叫起来。

在那片亮光下居中的海平线上，倏地冒出一团巨大的暗红色的光团，像是一朵不规则的火苗，在遥远的海面上冷漠地燃烧着，不能发出热，只能发出惨淡的光……

“月亮！”我们又一次同声大叫了。

原来是一次海上月出！一个每天都会发生的自然现象，竟然如此迷惑了我们。似乎很可笑，我们却谁也没有笑，只是认真地看着突然出现的月亮。海上月出，毕竟我们几个谁也没有亲眼见到过。

月亮整个儿露出了海面。这是下旬的残月，形状极不规则，像是一颗巨大的松子仁，又像是一块被烧红后正在逐渐冷却的锻件。天边的景象是奇妙的，在深邃空旷的天海之间，初升的月亮显得孤独而又惨淡，没有彩色的云霞飞来迎接它，没有激动的生灵为它的诞生而欢呼，只有一片寂寥的宁静，无动于衷地注视着它，伴随着它……

然而我相信，今夜，凡是见到这月出的人们，大概都不会无动于衷的。此刻，在甲板上，四双年轻的眼睛睁得大大的，专注的眼神里，静静地闪烁着喜悦、沉思和憧憬的光，就像在月光下变得晶莹起伏的海。

月亮渐渐升高了，月光也渐渐亮起来，并且由暗红色变成了金黄色——这是一种柔和亲切的光芒，在这种光芒里，天边的明月似乎不再遥不可及，你纵身便能投入其中，甚至伸手便能去摘……黑夜的感觉也消失了，柔和亲切的月光浸透了整个世界。

海面上出现了一条路，这是一条由月光铺成的路，从我们的脚下开始，一直通到月亮升起的地方。也许，每一个在海上注视着月亮的人，脚下都有这样一条路，你可以在幻想之中走上这条路，一直走进广寒宫的琼楼玉宇……

抬头仰望，星空似乎也有了一些变化。星星变得稀疏了，早些时候曾经那么起劲地眨着眼睛的许多星星，不知道隐匿在哪儿了。银河也几乎消失了——哦，是星星们停止了它们的窃窃私语。辽阔的星空正在无声无息地注视着海上的月亮。

是的，月亮下的夜，才是真正宁静的。

流星突然又出现了。它拖着熊熊燃烧的长尾巴，几乎横贯了大半个夜空，比先前那颗亮得多，时间也长得多。然而我们都忘记了曾经准备过的许愿，只是忘情地眺望着星空，眺望着海，眺望着悄然上升的明月和那条月光铺成的路……

1983年8月于大连黑石礁

生　命

一

假如生命是花。花开时是美好的，我要把生命的花瓣，一瓣一瓣撒在人生的旅途上。

二

假如生命是草。决不因此自卑！要联合起所有的同类，毫不吝惜地向世界奉献出属于自己的一星浅绿。大地将因此充满青春的活力。

三

假如生命是树。要一心一意把根扎向大地深处。哪怕脚下是一片坚硬的岩石，也要锲而不舍地将根须钻进石缝，汲取生命的源泉。在森林和沃野做一棵参天大树当然很威风；在戈壁沙漠和荒山秃岭中做一棵孤独的小树，给迷路的跋涉者以希望，那就更为光荣。

四

假如生命是船。不要停泊，也不要随波逐流。我将高高地升起风帆，向着未有人到达的海域……

五

假如生命是水。要成为一股奔腾的活水啊！哪怕是一眼清泉，哪怕是一条小溪，也要日夜不停地、顽强地流，去冲开拦路的高山，去投奔江海……

六

假如生命是一段原木。做一座朴实无华的桥吧，让那些被流水和深壑阻隔的道路重新畅通。

石　禅 | 绘画

七

假如生命只是一根枯枝。那就不必做绿色的美梦了，变成一支火炬吧，在黑夜中噼里啪啦从头燃到脚……

咬人草

在新疆，有一次到山里访问哈萨克牧人，很偶然地认识了一种奇怪的植物。

如果不是新疆友人介绍，我决不会注意它们。那是在爬坡的路上，走在前面的友人突然大声叫起来：

“小心！咬人草！”

咬人草？草会咬人？我有点不相信。这是生在路边的一种普普通通的草本植物，叶色暗绿，有点像深秋经霜后的菊，没有什么可怕的地方。

“可别轻视了它，碰它一下，就像被毒蜂蜇了一样，手上要肿痛好几天呢！”友人正儿八经地关照我，绝无开玩笑的意思。

这愈发激起了我的好奇心。我俯下身子，绕着一丛咬人草仔细看了半天，除了发现叶瓣上有一些细小的透明的刺之外，没有任何特别之处。我掏出随身带着的旅行剪刀，用摊开的笔记本接着，小心翼翼地剪下两片叶瓣。我要把它们带回去，让上海的朋友们也能见识一下这种怪草。

“算了吧，它会咬你呢。”友人笑着劝我。

“不怕，小心点不就行了？”我很自信地回答。

会咬人的草叶夹进了我的笔记本，我却安然无恙。这叶瓣似乎有些桀骜不驯，硬硬的，不肯平伏，那些尖尖的小刺竟戳穿了两页纸。但不管怎么样，它们是我的俘虏了。我想，这种小草的会咬人，也许如同河豚的有毒，如同海胆的有刺，如同贝类的有壳，只是它在同其他生物的生存竞争中形成的一种自卫本能。它足以使觅食的野马和羚羊们望而却步了。然而，在人类面前，这些低级生物的小小把戏又算得了什么呢?

几天以后，我几乎淡忘了这小草。一次，我翻开笔记本准备记一些什么，还没有来得及写一个字，只觉得手指上猛地一阵剧痛，就像被尖利的牙齿狠狠咬了一口。我一下子把笔记本摔出老远，那两片干草叶从本子里掉出来，落在我的脚边——依然是硬硬的，一副倔强的模样，仿佛一对暗绿色的眼睛，冷冷地嘲笑着我……

啊，咬人草，它终于咬了我！

咬是被咬了，我却并没有记恨，相反，倒生出一种敬佩的心情来——这任人践踏的、可怜的小草，性格的刚强不屈竟一至于此！它似乎要提醒我一些什么……

我没有再把草叶夹进笔记本，而是任它们在沙土中躺着。

因为我确信，假如带着它们，我一定还会被咬的，我不可能老是警觉地惦记着它们，防着它们，也不可能改变它们的性格。与其强迫它们耿耿于怀地跟着我，不如让它们在自己的母土中找到归宿。

然而，关于这咬人草的故事，我是很难忘记了。

1984年6月26日于上海

历　史

一

历史是什么?

它看不见摸不着，没有固定的形态。然而它涵盖所有流逝的岁月。没有人能够躲避它的剖视。就像一个人在海里游泳无法摆脱海水的拥抱，你跃出海面潜入海底，海水还是要淹没你，哪怕你变成一条飞鱼，展翅在天空滑翔，最后免不了仍会落进海里。没有人能够超越历史。

二

一片土地的沧桑变迁可以是一部历史。

一个民族的盛衰兴亡可以是一部历史。

一个家庭的悲欢离合可以是一部历史。

一个人的生活旅程可以是一部历史。

一场战争可以是一部历史。

一场球赛可以是一部历史。

……

历史可以很长很长，长如黄河扬子江，生命的旅途有多么漫长它就有多么漫长，人类的年龄有多么古老它就有多么古老。

历史可以很大很大，大如东海太平洋，世界有多么辽阔它就有多么辽阔，宇宙有多么浩瀚它就有多么浩瀚。

历史可以很短很短，只是一个冬天或者一个夏天，只是抽一支烟的片刻，甚至只是眨眼瞬间。

历史可以很小很小，小到一个庭院，一孔窑洞，甚至小到一个蚁穴。

过去的一切，都是历史。

三

历史不是一张白纸，你想涂成什么颜色就可以是什么颜色。

历史不是一块橡皮泥，你想捏成什么模样就可以是什么模样。

历史不是一块绸缎，任你随心所欲剪裁成时髦的衣裳装扮自己。

历史不是一把吉他，任你舞动手指在弦上弹出你爱听的曲子。

历史是出窑的瓷器，它已经在烈火的煎熬中定型。你可以将它

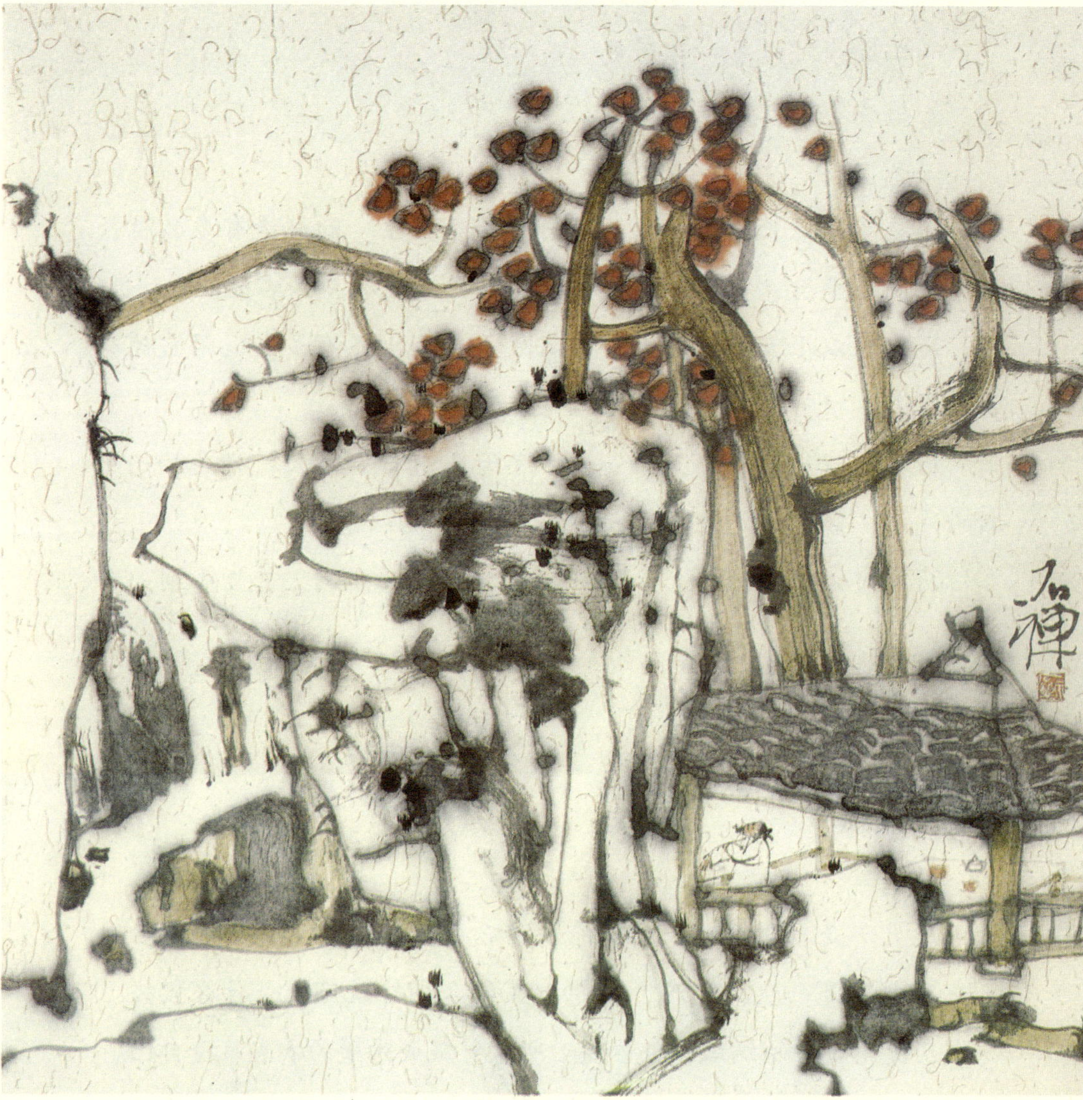

石　禅 | 绘画

打碎，然后还原起来，它仍然是出炉时的形象。

历史是汹涌的潮汐，它呼啸着冲上沙滩时，人人都为之惊叹。它悄然退落时，许多人竟会忘却它的磅礴，忘却它曾经汹涌过，呼啸过，然而海滩忠实地记录着它的足迹，没有什么力量能将这足迹擦去。

白蚁可以将史书蛀得千疮百孔，但历史却不会因此而走样。装潢精致堂皇的典籍未必是真历史。墨，可以书写真理，也可以编织谎言。谎言被重复一千次依然是谎言，真理被否定一万次终究是真理。

四

是的，历史是起伏的潮汐。涨潮，未必是历史的峰巅；落潮，也不是历史的中断，更不是历史的倒退，落潮之后，必定会有新的潮汐。

在历史的潮汐中，个人只能是其中的一簇浪花。有人一生都想做一个冲浪者，脚踏着冲浪板，在迭起的浪峰上做种种令人惊叹的表演。然而他们不可能永远凌驾于浪峰之上，潮头总要把他们打入水中。而那些企图逆流而行的弄潮者，在历史前进的惊天动地的涛声中，他们的呼喊留不下一丝回声。

历史将前进，这是必然。

敲 门

笃、笃、笃……

有人敲门。

当你孤独一人，只有寂寞默默无声地陪伴着你的时候，你一定会很自然地把目光投在那扇关着的门上——要是，要是有人来敲一敲门，那该多好！那轻轻的敲门声，会一下子驱散寂寞，打破使人窒息的沉默，它将胜过世界上最美妙的音乐！

假如，你正在一间关着门的屋子里等着你要等的人，那么，这敲门声的含义是明确的。它会带来预期的相会，或许是老朋友久别重逢，或许是亲人间的欢聚……

自然，不是所有预期的相会都是愉快的，也可能是抄电表或修水管的人索然无味的造访，也可能有人登门索债……你的门一千次被敲响，就会有一千次不同的结果。

然而，更多的敲门声是含义不明的。当你在毫无思想准备的情况下，突然听到关着的门被人敲响了——这敲门声可能是沉着的、不慌不忙的，可能是羞怯的、断断续续的，也可能是急促的、紧张不安的，甚至是粗重的、肆无忌惮的……这敲门声是一个带着问号的预兆，在没有打开门之前，你无法知道它预兆着什么。于是，这种不期而来的敲门声便有了一种神秘的、使人向往又使人畏惧的魅力。

许多意想不到的幸运和欢乐，就是由这不期而来的敲门声带来的。当你应声打开房门，门外可能是一张你日思夜想的微笑的脸，也可能是有人不动声色地送来一封看似普普通通的信，就在那普普通通的信封里，装着使你欣喜若狂的消息……就像做梦一样，几声轻轻的敲门声，一下子把你送进了一个美妙的世界……

当然，也可能有不幸和不愉快会随着这不期而来的敲门声突然降临。这并不奇怪，因为，生活并不是仅仅由欢乐的笑声组成。这不期而来的敲门声，曾惊扰了多少人恬静美好的梦境，曾使多少人平静的眼神里闪出惶乱，有时候，它竟是一场哀乐的前奏！

就这样，你的灵魂情不自禁会随着那在寂静中突然响起的敲门声怦然而动，即便敲门者也许只是因为疏忽而走错了门的陌生人……

有人会笑我：哪里的话！敲门嘛，还不是最平常最乏味的事情，值得你这么大做文章吗？

好，朋友，我不想和你辩论。不过你不妨静静地回想一下，回想一下你所听见过的敲门声——那些属于你的，与你的生活和命运密切攸关的敲门声。我相信，总有那么几次敲门——你期待着的或者不期而来的敲门，会在你的心灵中留下巨大的回声，你一辈子也不会忘记那声音，那几声既不婉转也不悠扬的平平常常的敲门，说不定就改变了你的命运，使你开始了一种全新的生活……

是的，敲门，往往是一种开始，是一种转机，是一种无法用言语代替的对未来的宣言……

笃、笃、笃……

有人敲门。

现在，让我们走到门外，让我们来体会一下敲门者的心情。朋友，你也一定曾无数次面对着紧闭的门，举起你的手……

在那些形形色色的门里面，总有一些未知的因素在等着你，在你没有敲响那扇紧闭的门之前，这是一个谜，谜底，被门挡得严严实实。

也许，有很多次你只是不假思索地把门敲得咚咚作响，并且总是不费任何周折就敲开了那些关着的门，敲门之后，并不会出现什么惊人的、出人意料的东西，也没有任何戏剧性的变化，一切如常。你的敲门声转瞬间便消失在寂静之中，消失在人与人之间那种千篇一律的问候和寒暄声里……

但是——又来一个“但是”！在一个又一个“是”之后，总会出现那么一个两个“但是”，就像人生的路上总会有那么一个两个转折点，从而使笔直的坦途中出现了一些曲线。假如永远是直线的话，将会多么单调和乏味！——但是，有一天，你走到一扇门前，却失去了往常的那种轻率和漫不经心，你紧张了，犹豫了，你的手举到了门前，竟久久没有叩上去。在你面前的，可能是一扇精巧的小门，或者是一扇平平常常的木板门，也可能是一扇沉重的铁门……

想象一下吧——

假如你是一个离乡背井几十年又从未得到过家中信息的游子，这一天，你终于回到了家门口。还是几十年前的那扇门，然而门里的人呢？他们是否还在这里住着？是否还都活着？是否还记得你并且欢迎你？你多么渴望马上知道门里的一切，然而你又害怕知道。于是你的手只是在门前颤抖着，久久叩不下去……

再譬如，你正在热恋之中，你默默地、苦苦地爱着一个人，然而那个被你爱着的人却一无所知。你终于下决心要把心中的恋情向你的意中人和盘托出，于是你步履维艰地走到了他（或者她）的门口……你能漫不经心地在那扇门上敲出声音吗？

假如你是一个身患疑症的病人，终于到了可以知道最后诊断的时刻，你去叩医生的门；假如你是一个信心不足的学生，在经历了一场惊心动魄、精疲力竭的考试之后，终于等到了该发榜的日子，你去叩主考老师的门；假如你是一个一时误入迷途的人，这一天，你幡悟了，你怀着羞悔的、忐忑不安的心情，走到曾经诲劝过你，却被你断然拒绝过的朋友的门口……在这样的时刻，你怎么会不假思索、冒冒失失地敲响那些关着的门呢?

关在这些门里的谜底，对于你是那么重要，在你的敲门声以后出现的，可能是最美好的希望，也可能是最痛苦的失望。这种选择迫在眉睫，而你却无法知道那将看到的结果。门啊，毫无缝隙的门，所有的一切都被关在里面，锁在里面！你想得到，又怕失去；你想进去，又怕受阻；你怕那门永远紧锁着，根本没有人会在里面理会你的叩问（是啊，有些门是敲不开的），所以你紧张了，犹豫了，那扇关着的门未被你敲响，你心里却已经咚咚地擂起了急鼓……

是的，敲门，有时候需要勇气，需要一往无前的胆量，甚至需要一点冒险的精神。有些人，就是因为在一扇两扇门前犹豫得太久，不敢用自己的手在门上敲出声音来，终于失去了一生中再不重复的机会，只能在成功的门外终生徘徊……

举起你的手来，朋友，既然你打算从这里走进去、走过去，你就不应该犹豫。让那扇关着的门在你的叩击下响起来吧！

笃、笃、笃……

有人敲门。

1984年11月于上海

帆　思

一

我曾经随帆出海。

船夫升起帆，就像升起古老的旗帜，就像挥动他们的古铜色的手掌，挥别港口，召唤着辽阔的大海。

风鼓足了帆。桅樯因狂风满帆而感到痛楚，它在吱吱呀呀地呻吟，诉说着风的威力。船破浪向前了，就像鹰，展开巨大的翅膀，矫健而又自由地飞翔……

帆，简单得不能再简单了。然而它竟是这般灵活，在几根绳索的牵引下，不停地改变着方向，始终和风保持着适当的角度，不管顺风、侧风，甚至逆风，帆总能沉着而又巧妙地把风化作推动船儿前进的力。顺风时，帆船乘风破浪，像一支离弦之箭；逆风时，帆船打着“S”形，不慌不忙迂回着向前……

海是那般浩瀚，帆是那般渺小。山一般耸起的波浪就像无数张开的大口，浪花是一排排惨白的牙齿，示威般地闪烁着，起落着：来吧，来，看我吞了你！然而帆却无所畏惧，一程又一程，把前进的身姿描绘在波峰浪谷之间。勇敢的海燕啊！

哦，船尾上，那位牵动帆索的船夫，正在向我微笑呢！他脸上那些被海风刻出来的皱纹，像海的波纹，也像篷帆上那些密密麻麻的经络，在海风里骄傲地舒展……

二

每一叶帆下都有一个勇敢而又聪慧的船夫。

多么不可思议的诱惑啊！那些在海滩上哭泣的寡妇和孤儿的眼泪，从未能淹没过他们的志向。帆，把他们和海紧紧地连在一起！

我想起了泰戈尔的诗：

> 船夫出海了……
>
> 他一叶扁舟，不管狂风暴雨，也不管天昏地黑，究竟要寻求什么？
>
> 小舟满载着珍珠和宝石吗？
>
> 啊，不，船夫身边并无珍宝，他只是手里拿着一朵洁白的玫瑰花，嘴里哼着一支歌……

手牵帆索的船夫啊，你知道你手里拿着的是一朵什么花吗？你知道你嘴里哼着的是一支什么歌吗？你知道你要寻求的是什么吗？

质朴的船夫什么也没有告诉我。他只是无言地从大海里收起一网又一网银光闪烁的鱼虾，只是无言地搏击着风暴和巨浪，把船驶向更遥远的地方……

只有帆在风中激动地唱着，那哗啦哗啦的歌声多么震撼人心！

帆告诉我：什么是执着和勇敢。

帆告诉我：什么是顽强的追求。

帆告诉我：人，永远应该是大自然的追求者！

船夫啊，升起风帆吧，举起你那朵洁白的玫瑰花吧，整个大海，整个世界，都会听见你那支古老却充满生命活力的歌……

三

现存的交通工具中，帆船大概是最古老的了，帆的历史，也许和人类的历史一样漫长。谁也无法知道，最初的帆是何等模样了，许是一张毛茸茸的兽皮，许是一挂树枝和树叶编织的席片……而人类的发展和进步，几乎是和帆连在一起的。发明帆的人是一个了不起的伟人。帆，不仅使人类在水上伸展开腾飞的翅膀，它给人的想象和启迪也是无穷无尽的——既然一根桅樯和一片布帆便能把桀骜不驯的风牵到人类手中，驯化成能和力，那么，人类为什么不向大自然、向世界索取得更多更好呢？于是，人们扯着风帆，离开了荒蛮的滩岸，帆，把历史的小舟送进一个又一个理想的港湾……

当潜艇潜入海底，当飞船飞向太空，当各种各样的现代化船队远航四海，帆，却依然故我，依然是那么简单，那么古老，依然是那么悠然，那么沉着……

是为了让人们记住遥远的历史？

是为了让人们读一首古老的诗？

是为了在节奏越来越快的现代音乐里弹一曲幽缓的古筝？

也许都不尽然。人类还需要风的动力，还需要拼搏的意志，还需要在大起大落中保持平衡的艺术，于是帆的魅力便不可能消失。它的古老的质朴，它的原始的合理，它的不平凡的简单，永远会给人以新鲜的启示……

四

帆，是人的颂歌，也是自然的颂歌，是人和自然的一曲和谐的协奏。

只要江海不枯涸，只要有人类，就有帆。

是的，只要帆在海上飘飞，大海就充满了希望……

假如你想做一株蜡梅

果然，你喜欢那几株蜡梅了，我的来自南方的朋友。

你的钦羡的目光久久停留在我的书桌上，停留在那几株刚刚开始吐苞的蜡梅上。你在惊异：那些看上去瘦削干枯的枝头，何以竟结满密匝匝的花骨朵儿？那些看上去透明的、娇弱无力的淡黄色小花，何以竟吐出如此高雅的清香？那清香不是静止的，它无声无息地在飞，在飘，在流动，像是有一位神奇的诗人，正幽幽地吟哦着一首无形无韵然而无比优美的诗。蜡梅的清香弥漫在屋子里，使我小小的天地充满了春的气息，尽管窗外还是寒风呼啸、滴水成冰。我们都深深地陶醉在蜡梅的风韵和幽香之中。

你久久凝视着蜡梅，突然扑哧一声笑起来。

“假如下一辈子要变成一种植物的话，我想做一株蜡梅。你呢？”

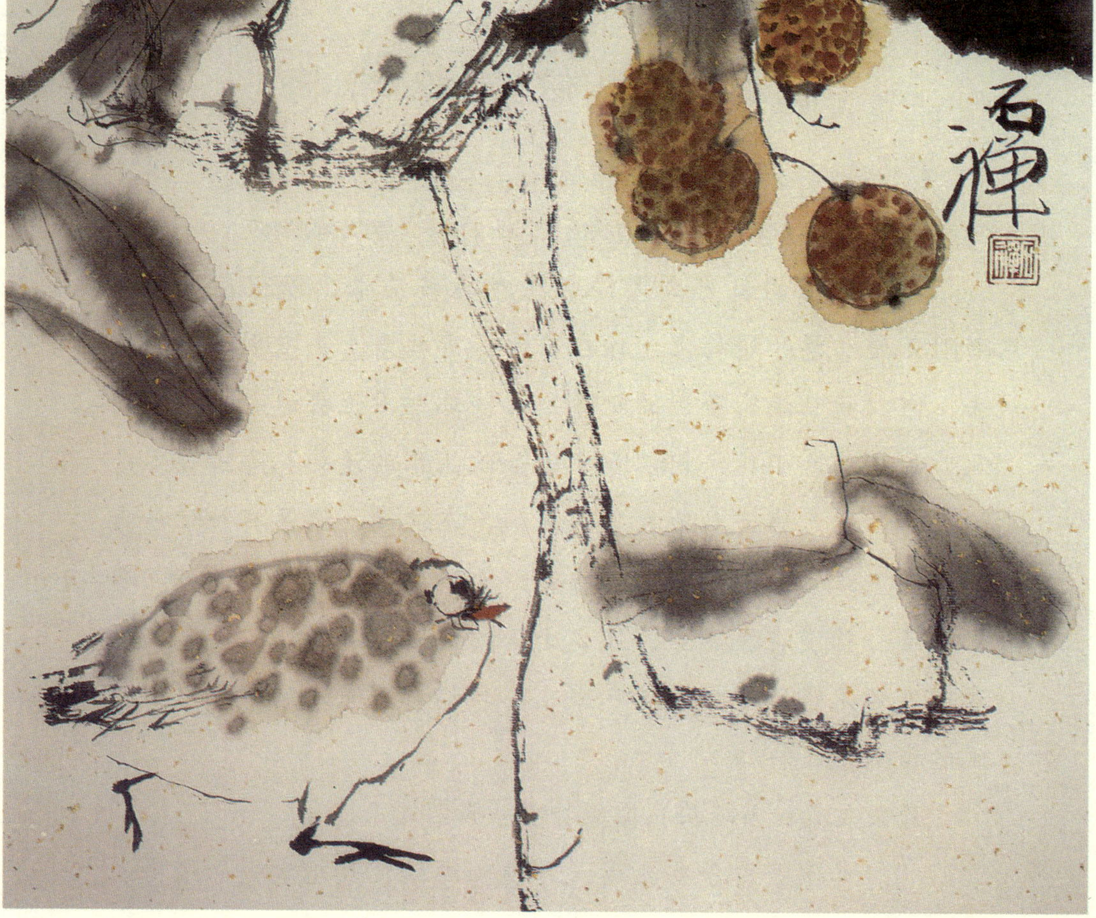

石　禅 | 绘画

你说着笑着就走了，却留给我一阵好想。假如，你真的变成一株蜡梅，那会怎么样呢？我默默地凝视着书桌上那几株蜡梅，它们仿佛也在默默地看我。如果那流动的清香是它们的语言的话，那它们也许是在回答我了。

好，让我试着来翻译它们的语言，你听着——

假如你想做一株蜡梅，假如你乐意成为我们家属中的一员，那么你必须坚忍，必须顽强，必须敢于用赤裸裸的躯体去抗衡暴风雪。你能吗？

当北风在空旷寂寥的大地上呼啸肆虐，冰雪冷酷无情地封冻了一切扎根于泥土的植物，当无数生命用消极的冬眠躲避严寒的时候，你却应该清醒着，应该毫无畏惧地伸展出光秃秃的枝干，并且要把毕生的心血都凝聚在这些光秃秃的枝干上，凝结成无数个小小的蓓蕾，一任寒风把它们摇撼，一任严霜把它们包裹，一任飞雪把它们覆盖……没有一星半瓣绿叶为你遮挡风寒！你能忍受这种煎熬吗？也许，任何欢乐和美都源自痛苦，都经历了殊死的拼搏，但是世人未必都懂得这个道理。

假如你想做一株蜡梅，你必须具备牺牲精神，必须毫无怨言地奉献出你的心血和生命的结晶。你能吗？

当你历尽千辛万苦，终于迎着风雪开放出你的小小的花朵，你一定无比珍惜这些美丽的生命之花。然而灾祸常常因此而来。为了在万物肃杀时你的一枝独秀的花朵，为了你的预报春天信息的清香，人们的刀斧和钢剪将会无情地落到你的身上。你能承受这种牺牲吗？也许，当你带着刀剪的创痕进入人类的厅堂，在一只雪白的瓷瓶或者一只透明的玻璃瓶里默默完成你生命的最后乐章时，你会生出无穷的哀怨，尽管有许多人微笑着欣赏你，发出一声又一声由衷的赞叹。如果人们告诉你：奉献和给予是一种莫大的幸福，你是不是同意呢？

假如你想做一株蜡梅，你必须忍受寂寞，必须习惯于长久地被人们淡忘、冷落。你能吗？

请记住，在你的一生中，只有结蕾开花的那些日子你才被世界注目。即便是花儿盛开之时，你也是孤零零的，没有别的什么花卉愿意和你一起开放，甚至没有一簇绿叶陪伴你。“好花须得绿叶扶”，这样的格言与你毫不相干。当冰雪消融，当温暖的春风吹绿了世界，当万紫千红的花朵被水灵灵的绿叶扶衬着竞相开放，你的花儿早已谢落殆尽。这时候，人们便忘记了你。春之圆舞曲是不会为你奏响的。

假如你问我：那么，你们何必要开花呢？

我要这样回答你：我们开花，绝不是为了炫耀，也不是为了献媚，只是为了向世界展现我们的风骨和气节，展现我们对生命意义的理解。当然，我们的傲骨里也蕴藏着温柔的谦逊，我们的沉默中也饱含着浓烈的热情。这一切，人们未必理解。你呢？

我把做一株蜡梅的幸与不幸、欢乐与痛苦都告诉你了。现在，请你告诉我，你，还想不想做一株蜡梅？

哦，我的南方的朋友，我把蜡梅向我透露的一切，都写在这里了。当你在和煦的暖风里读着它们，不知道你还会不会以留恋的心情，想起我书桌上那几株蜡梅。此刻，北风正在敲打着我的窗户，而我的那几株蜡梅，依然在那里默默地绽蕾，默默地吐着清幽的芬芳……

物语微思

问　墙

问：你怎么会出现在这个世界上呢？

墙：因为你们需要我。我为你们阻挡风雪，为你们阻挡野兽的侵袭。因为有了我，你们才成了这个世界的主人。

问：为什么你有时高有时低，有时坚固有时脆弱？

墙：我无法回答你。因为是你们设计了我的形象。

问：假如你遮住我的视线，使我看不见被你挡在外面的世界，假如你挡住了阳光和田野里的风，使我感受不到生命和春天的欢乐，你说我怎么办？

墙：凿穿我，在我身上开出窗户来。

问：假如你禁锢了我的思想，使我变得古板而又闭塞，假如你阻隔我和其他心灵的交流，使我变得孤独而又寂寞，你说我怎么办？

墙：推倒我！

睡　莲

你就这样静静地躺在水面打瞌睡吗？

你难道不觉得寂寞？你不想在清凉的风中无拘无束地摇动圆圆的绿叶？也不想欣赏辛勤的蜜蜂在你的头顶唱歌跳舞？还有那些红色的蜻蜓，总是在你的身边徘徊，它们一定有一些秘密的悄悄话要告诉你……

唉，你什么也不知道。

也许你陶醉在梦境里了。你梦见过一些什么呢？人间的圆梦术和算命先生是无法描绘你的梦的，他们可以用一些荒诞的巧语骗人，却无法骗你。

我想等你醒来。我等过了一个漫长的黑夜，夜里有风、有雨、有雷电。它们大概吵你了，你能经受住风暴的侵袭吗？

早晨，我来看你时，宁静的水面上开出一朵雪白雪白的花，那些莹洁的花瓣上，缀满了亮晶晶的水珠。

哦，这是你的泪珠呢，还是你的汗珠？

鸟　语

笼子里的鸟叫得起劲极了。养鸟人说这是在唱歌。

天上的鸟飞到挂笼子的树枝上，默默无声地看着笼子里的鸟。

我仿佛听见笼中鸟和自由鸟的对话了——

自由鸟：喂，你唱什么？

笼中鸟：你也说我是唱歌！

自由鸟：那你为什么叫个不停？

笼中鸟：主人喜欢听我叫。

自由鸟：我们在森林里唱的歌和你的不一样。

笼中鸟：什么叫森林？我没有见过。

自由鸟：出来，跟我飞回森林吧，你应该在那里唱歌。

笼中鸟：不，我的翅膀不行了，不能远走高飞了。

自由鸟：我为你悲哀，朋友。

笼中鸟：你真傻，否则还要这笼子干吗？世界就是这样的，有的鸟可以在天上飞，有的鸟可以住笼子。

自由鸟：告诉你的主人，拆除那笼子吧，我们一样能为他们唱歌。

笼中鸟：在这里挺好，我什么也不愁。

自由鸟：我为你悲哀，朋友。

枝头上的鸟高高地飞走了，留下笼子里的鸟不停地叫着。养鸟人走过来，用手指撮一把小米撒进了笼子……

飞　鱼

在甲板上，我看见一条死去的飞鱼。

它曾经像海燕一般骄傲地在海面飞翔，它曾经使海里所有的鱼儿钦羡……

然而它死了，它在甲板上被晒成了鱼干。

哦，千万不要离开你生活的土壤！

梧桐的悲哀

在初春的暖风里，漫天飘着毛茸茸的黄色的飞花，像天上落下了奇异的雪。

这不是蒲公英，而是梧桐的种子。光秃秃的梧桐树枝上的那些小铃铛，在严寒中寂寞地度过了冬天，此刻，它们在春风里欢快地解体了，脱落了，变成了漫天飞花。

它们是数不清的小生命啊！它们在春风里飞啊飘啊，像一只只小蝴蝶，像一顶顶小降落伞。它们要找寻自己的土壤，它们要在大地的怀抱里生根、发芽，有朝一日也长成一片亭亭玉立的梧桐树林，它们要用水灵灵的新绿覆盖大地……

然而在城里，到处是冷冰冰的水泥地，它们终于都没有找到自己的土壤，只是在街头墙角无可奈何地积累成一堆堆一团团，心灰意懒地滚动着……

它们本来应该变成森林的！

拐　杖

在一扇开裂的木门背后，我发现了它。它默默地斜靠在结着蛛网的砖墙上，像一位疲倦的老人正在垂首沉思。

很久很久以前，它是深山老林里一根被绿叶簇拥的青藤。有一天，有一把锋利的刀砍断了它……

属于它的绿叶早已不见了。拂去灰尘，我想在它的两头寻找当年的刀痕，然而找不到了。上面弯曲的柄部，已经被抚摩得又光又滑，甚至可以反射出耀眼的太阳光。也许，曾经有很多手抚摩过它，男人的手、女人的手，老人的手、年轻人的手……而下面的那一部分，只能看到它和地面摩擦的痕迹了。也许，它曾经和各种各样的地面摩擦，泥土的、砖石的，宽阔平坦的、崎岖曲折的……

它陪伴着它的主人们走过了怎样的道路呢？这些路上，是充满了欢笑和歌声，还是飘洒着泪水和叹息？从它身畔掠过的，是玫瑰和茉莉的芬芳，还是蒺藜和野蒿的纠缠……

没有人会告诉我关于它的故事了。我试着用它轻轻地叩击地面，发出的声音却又清脆又深沉：

橐、橐、橐、橐……

朋友，你来听听吧，这声音里，有许多悲欢的故事，有许多人生的奥秘呢！

路　灯

走夜路，穿行在弯弯曲曲的深巷里。

越来越暗了。前面那些模模糊糊的黑影，不知是屋棚、是砖瓦堆，还是无言的人群……我举步不前，心跳得响起来。

如果有一盏路灯多好啊！

正想着，眼前突然一亮，真有一盏路灯点燃了！

前面的路一下子变得清晰了，迷宫般的深巷原来已快到尽头。远远地，露出了一线天似的巷口……

我急急地向前走去。快到巷口时，忍不住回头瞥了一眼。于是，我看清楚了那盏路灯——那只是一盏幽暗的白炽灯，一只破草帽似的老式铁壳灯罩无力地反射出昏黄的光芒，支撑它的，是一根歪斜的电线杆。那形象如同一个醉汉，颓唐地彷徨在深巷里……

这一位歪倒的“醉汉”，却深深地留在我的记忆里了。这是一个亲切而又善良的形象，他使我改变了对黑夜和迷途的看法。

如果走夜路，朋友，但愿你也能遇到一盏两盏路灯。

宁　静

一

当汽笛、引擎、车轮声潮水般涌来的时候……

当各种各样的立体声互相碰撞着，暴风雨般袭来的时候……

当喧嚣的市声像铺天盖地的冰雹，噼噼啪啪在我的四周碎裂的时候……

当那些饶舌的男人和女人扯开粗的细的尖亮的沙哑的嗓门儿，喋喋不休地在我耳畔喧嚷的时候……

我渴望宁静。

我渴望宁静像一片深邃无垠的夜空，闪烁着晶莹的星星，在我头顶展开。星星是一些安详和善的眼睛，我喜欢默默地注视它们，静静地想我的心事。星星呢，它们会用无声的语言，告诉我许多有趣的事情……

我渴望宁静像一片清凉澄澈的湖水，荡漾着美丽的涟漪，在我的脚下缓缓流动。我要在清澈的湖水中洗涤旅途的灰尘。我的烦躁和疲惫，也会像那些灰尘一样，悄悄地融化在湖水的清凉和澄澈之中……

我渴望宁静像早晨的云霞，在我的视野里优美地飘动。面对这些缤纷的彩霞，我永远是一个稚憨的孩子，我会痴痴地凝望着它们，在它们无声无息地变幻着色彩和形状的表演中，找到我的骏马、我的骆驼、我的嫦娥、我的圣诞老人……

我渴望宁静啊。

二

宁静有时候是有声音的呢！

——春天的黄昏，三两点稀疏的雨滴，落在阔大的白玉兰树叶上，落在亭亭玉立的荷叶上，落在微微摇曳的芭蕉叶上，落在盛开着菱花的池塘里……那是一群蒙着头纱的古代女子在弹琵琶。我并不想听懂她们弹的是什么曲子，只是觉得这动人的曲子使我陶醉……

——微风不知从什么地方慢慢地踱着碎步走来。他走过茂密的竹林，似乎被那些修长苗条的青竹迷住了，他在竹林里久久徘徊。我不知道那沙沙沙的声响究竟是他的足音，还是竹子们的窃窃私语，或许，是他斜靠在竹荫下，吹起了深情的洞箫……

——清凌凌的月光里，一把小提琴幽幽地拉着《思乡曲》……

——夜深人静的时候，远远飘过来一阵婴儿的啼哭……

——两只不知名的小鸟，在熹微的曙色里喁喁私语……

——潮水有节律地拍打沉默的长堤……

——蝉在幽林中鸣叫……

三

是的，声音太大太杂，便失去了宁静；所有声音都消失了，你能得到宁静吗？

哦，我盼望宁静，盼望那些纯净的、优雅的、像诗一样能使我安静的声音。

真的，宁静需要有声音呢！

冬夜，关紧窗户，拉上厚厚的窗帷，似乎万籁俱寂了。为什么我会在静谧中听到一些神秘的声音呢？

我听见水的精灵们在玻璃窗上描画着千奇百怪的冰霜花，在为脱尽了树叶的树枝裹扎着雪白的毛茸茸的绷带……

我听见屋檐下的冰凌正在一毫米一毫米地往下长，就像神话中那些老人的胡须似的往下长着……

我听见雪花姑娘们正在高高的云堆中集合，她们轻声轻气地商议，如何趁着夜色神不知鬼不觉地飘入人间，覆盖大地，让第

石　禅 | 绘画

二天一早在阳光下醒来的人们面对着雪白晶莹的世界大吃一惊……

——唉，在尘嚣和喧闹中，你只想超然物外，甩脱一切声响，而在寂然无声的环境里，你怎么又自己想象出那么多声音呢？

——因为，因为我渴望宁静啊！

四

坟墓里的宁静不是宁静，真空里的宁静也不是宁静。

如果失去了所有的声音——大自然的声音、心灵的声音，那只能是死寂！

如果没有生命优美的运动和歌唱，世界还有什么意义呢！

但愿，那些不该有的喧嚣会逐渐平静下来；但愿，那些美丽的声音永远陪伴着我。

我渴望宁静……

秋窗小札

秋　风

曾经是鲜亮丰满、生机勃勃的绿叶，在它的呼啸中枯黄、坠落，无可奈何地在空中画出一个又一个问号——

我们是因为你的扫荡才走向生命尽头的吗？

秋风无语，只是匆匆地在大地奔走。

低垂着脑袋的谷穗在它的脚步中摇头——

我们是因为你的抚摸才结成生命果实的吗？

秋风无语，只是匆匆地走。

古塔檐角的铜铃在它的拨弄下日复一日地鸣响，那幽远的鸣响一如春日夏日和冬日，铃声在说，你不能改变我。

滔滔的江河水在它的伴奏下永不停留地奔流入海，谁也无法计算，那深沉雄浑的涛声已经在旷野中回荡了几万年，江水在说："你不能封锁我。"

秋风无语，只是走。

也有种子在它的呼啸中默默萌芽。

也有蓓蕾在它的扫荡中悄然开放。

当然也有新的小生命在它的脚步中离开母体诞生到这个世界上。那诚实而又勇敢的啼哭代表所有美丽的新生代宣告——你不能扼杀我们！

秋风无语……

云

当然希望天空永远明朗，希望阳光照遍每一个阴暗的角落。然而谁也无法阻挡云，阻挡天空中这位不速之客。

忧郁有如天上的云，你不知它形成于何时，不知不觉之间，它已飘然升天，悄悄遮住了太阳。

淡淡的忧郁是透明的薄云，世界不会因之阴晦，隐匿在它身后的烈日却会因之温柔，因之朦胧，因之流淌出恬静而淡远的诗。

深重的忧郁是灰沉沉的浓云，它带来的阴霾和黑暗使天地混浊不清，视线犹如折断了翅膀的海鸥，跌落在波涛之中。曾经优美地飘舞于天空的风筝在咆哮的大风中断了线……

愿忧郁的浓云化为雨点，痛痛快快地洒落到地上。雨后云开，太阳会用挚爱的目光——凝望被雨水滋润过的土地和因雨水而汹涌的江河。

落　叶

萧瑟的风中，窗外那棵梧桐树阔大的绿叶一日一日地失去绿色，失去水灵灵的生命之色，逐渐变得枯黄、萎缩。终于，它们一片一片从枝头脱落：在我的窗前打几个旋，然后消失。

据说，有诗人能把一片落叶写成一首动人的长诗。我能不能呢？

风，把一片落叶吹进窗口，像一只金黄的蝴蝶，带着几分羞涩停落在我的案头。

我惊异于落叶上那些精美的花纹了，无数曲曲折折的线条布满叶面，像一张精致无双的小网，曾经把生命的元素输遍叶子的全身，使它闪烁绿色的光芒，成为春天和生命的象征。

然而这一切都已过去，这张小网已经死去，只须轻轻一碰，那些优美的小线条便会断裂。我伸出手指轻压那片落叶，落叶无恙。我再用力，落叶依然。

窗外有轻快的声音传来。循声望去，是一对麻雀在枯叶稀疏的枝头啁啾。它们的啼鸣中绝无凄凉和伤感，它们脚下的枝条在啼鸣中极有弹性地颤动着，使我联想起杂技团走钢丝的小姑娘喜气洋洋的表演。它们的叫声和姿态里似乎都有一种嘲讽的味道。它们在嘲讽谁呢？

麻雀的脚下又有两片枯叶脱落了。两只金黄的蝴蝶轻盈地在我的视野中晃了一晃又无声地消失。麻雀们拍拍翅膀飞起来，欢快地叫着直上蓝天。它们绝不是受了落叶的惊扰吧！

天极蓝，云很高。麻雀很快踪迹杳然。

不知为什么，落叶再也不能吸引我的目光。关于落叶的长诗，我是写不成了。

看　雪

年初在北京，正好遇上一场大雪。

雪是无声地降落的。那天傍晚天色灰暗，也没有大风呼啸，以为只是个平平常常的阴天。第二天一早醒来，发现窗外亮得异常，原来外面的世界已经严严实实地被耀眼的白雪覆盖了。从近处屋顶上的积雪看，这一夜降雪约有三四寸厚。而此刻，雪已经停了。离我的窗户最近的一根电线上居然也积了雪，雪窄窄地薄薄地垒上去，厚度居然超出电线本身的四五倍，所以看起来那根电线就像是一条长长的雪带。凭空徒添这许多负担的电线在风中紧张地颤抖着，显得不堪重负，真担心它马上就会绷断……

这是怎样的一夜大雪？那些飘飘洒洒的轻盈的雪花在夜空中飞舞时，当是何等的壮观！假如集合这地面上的所有积雪，大概能堆成一座巍峨的雪山了吧。

有什么能比大自然玄妙的造化和神奇的力量更使人惊叹呢！

石　禅 | 绘画

雪的世界是奇妙的。在一片茫茫的白色之中，城市原有的层次都淡化了、消失了，一切都仿佛融化在晶莹的白色之中。下雪之前的世界究竟是何种颜色？现在竟然想不真切了，人真是健忘。

然而，这雪景似乎不宜久看，看久了眼睛便会有一种被刺痛的感觉。也许，人的眼睛天生是喜欢丰富的颜色的吧。白色，曾经被很多人偏爱，因为它拥有很多美好的属性，譬如纯洁，譬如宁静，譬如清高等等。但是大多数人的喜欢白色，恐怕只是喜欢一束白色的小花、一朵白色的云、一方白色的丝巾、一件白色的连衣裙……要是白到铺天盖地，那就消受不起了，眼前这无边无际的雪景，便是极生动的一例。

茫茫的白色世界有一些鲜亮的色彩开始蠕动。几辆汽车像笨拙的甲虫爬上了马路，行人也三三两两走上了街头。车和人经过的地方，清晰地留下痕迹。车辆和脚印毫不留情地撕开了雪地神秘的面纱——积雪原来并不如想象的那么厚，车辙和脚印中显露出大地原有的色彩。晶莹寒冷的雪只是表象罢了。

一群孩子走到楼前的雪地上，又是滚雪球，又是打雪仗，尖尖的嗓音和雪团一起飞来飞去，弄得一片喧闹。最后他们的目标一致起来——堆雪人。极有耐心地用手捧，用脚刮，一个矮而胖的雪人居然歪歪斜斜地出现在孩子们面前。雪人周围的雪黯淡了、消失了，孩子们在欢言笑语中清除了他们这方小小天地里的积雪。他们又奔着喊着跑去开拓他们的新疆域了，雪人被孤零零地丢在那里……

两只麻雀突然从窗前掠过，它们在空中急急忙忙盘旋着，发出焦灼的呼唤，似乎在寻找一个落脚的地方。也许，是积雪使它们熟悉的天地改变了模样，它们迷路了。我以为两只麻雀不可能在我窗前停留，想不到它们找到了一个我未曾预料到的落脚点——窗前的那根电线。一只麻雀先是从下而上掠过电线，翅膀只是轻轻地一拍，电线上积雪便扑扑地落下一段，另一只麻雀也如法炮制，又拍下一段雪，然后再一先一后停落在电线上。它们轻松地抖着羽毛，不时又嘴对嘴轻声地低语着，像是互相倾吐着什么隐秘，再不把那曾使它们惊惶迷惑的雪世界放在眼里。那根曾经被积雪覆盖的电线在它们的脚下有节奏地颤动着，积雪在不断地往下掉，往下掉……大雪忙忙碌碌经营了一夜的伪装，只十几秒钟便被两只小麻雀弄瓦解了……

窗外寒风呼啸，积雪大概不会一下便消融，但雪后的世界已不是清一色的白了，我心里的春意也正在浓起来。只要有美丽的生命在，谁能阻挡春天呢！

心灵是一棵会开花的树

我说人的心灵是一棵树，你是不是觉得奇怪？

真的，心灵是一棵树，从你走进这个世界，从你走进茫茫人海，从你睁开蒙昧的眼睛的那一刻开始，这棵树就已经悄悄地发芽、生根，悄悄地长出绿叶，伸展开枝丫，在你的心里形成一片只属于你自己的绿荫。难道你不相信？

你不知道，其实你已经无数次看见这样的花在你身边开放。

当你在万籁俱寂的夜间突然听到一曲为你而响起的美妙音乐……

当你在冰天雪地的世界中遇到一间为你而开门的小屋，屋里正燃烧着熊熊的炉火……

当你在十字路口彷徨徘徊、举棋不定，有人微笑着走过来给你善意的指引……

当你的身体因寒冷和孤寂而颤抖，有一双陌生而温暖的手轻轻地向你伸来……

当你发现有一双美丽的眼睛用清澈的目光默默凝视你……

我无法一一列举各种各样的“当你”，当你欢乐，当你迷茫，当你为世界的壮阔和绮丽发出惊奇的赞叹，当你被人间的真情和温馨深深地感动，当你面对世间残存的丑恶、冷漠和残暴忍不住愤怒呼喊……

当你的灵魂和感情受到震撼，受到感动时，不管这种震撼和感动如电闪雷鸣般强烈，还是像微风一样轻轻从你心头掠过……

每逢这样的时刻，便是你观赏到心灵之花向你怒放的时刻。每当这样的时刻，你的心灵之树也在悄悄发芽，在长叶，在向辽阔的空间伸展自由的枝干。没有一个画家能用画笔描绘出这样的景象，没有一个诗人能用诗句表达这样的过程，这是一种无声无形的过程，但是它所引起的变化，却悠悠长长，绵延不尽，改变着你生命的历史，丰富着你人生的色调。

相信吗？你的心灵一定会开一次花，一定的。也许是粲然的一大片，也许只是孤零零的一朵；也许是举世无双的美丽奇葩，也许只是一朵毫不起眼的小花……你的心灵之花也许开得很长，常开不败；也许只是昙花一现，稍纵即逝的鲜艳……

谁也无法预报心灵之花开放的时辰，更无法向你描述它们怒放时的奇妙景象，但我可以告诉你，这样的花，每时每刻都在人间开放。当有人在向世界奉献爱心，这样的时刻，就是花开的时刻。

愿你的心灵悄悄地开花。

愿我们的世界是一个心花怒放的世界。

1993年12月16日

岁月的目光

岁月的目光，无时无刻不审视着这个世界上的每一个人。它能穿透一切峭岩高墙，能逾越一切湖海大川，也能剖视一切灵魂，不管你是高尚还是卑微。

只要活着，你就不可能是雕像，在原地一动不动。也许你正在气宇轩昂地阔步前行；也许你无奈地在原地徘徊；也许，你不敢正视前方，瑟缩地一步步往后退却……

这一切，都无法躲避岁月的目光。

岁月把你的一切举动都看在眼里。它不会为你喝彩，不会为你叹息，更不会为你流泪。然而它会掠过你的心灵，使你领悟到时光对于你的意义。

心怀着远大目标阔步前行的人，总能和迎面而来的岁月目光相逢。这是闪电般的撞击，岁月用灿烂的目光凝视你，你用坦然的眼神回望它，有多少晶莹的火星，在这相互的凝望中飞扬闪烁。如果这世界曾笼罩黑暗，这样的目光交流，会照亮朦胧的夜空。前进的脚步声是多么美妙的音乐！只有行进中的人才能发现岁月赞叹的目光。

如果你在原地徘徊，岁月的目光也不会和你擦肩而过。只要你还醒着，哪怕你因为羞愧而无法抬头，你也能看到，迎面逼过来的岁月，正用炯炯眼神扫射你凌乱曲折的脚印……

如果你在颓丧中后退，岁月不会因此而停止了它的脚步。当岁月之河在你的身边哗哗流过时，你会发现，它的目光犹如针芒，刺灼着你的双脚。如果你还没有昏庸到神志不清，你会在它的刺灼中一跃而起。

是的，所有的人都会被岁月的流水淹没。而那些无愧于人生、无愧于岁月的人，会成为美丽的雕像，站立在岁月的河畔，岁月的目光将久久地抚摸他们，让后来的人们在它灼灼的凝视中欣赏他们，发现他们曾经把生命的火花燃烧得何等灿烂夺目。

抬起头来，朋友，迎着岁月的目光，脚踏实地向前走。让你的目光，在行进中和岁月交流。只要你向前走着，你一定会看到，在人生的旅途上，到处是目光和目光的交流，它们如霞飞电闪，辉映着生活，辉映着我们的世界。

1996年10月29日

钱这个东西

在这个世界上，还有什么比钱这个东西更令人困惑呢？

轻轻薄薄几张纸片，却可以将它们换取各种各样的物质，从而改变你的生活，改变你的心情，改变你的地位，改变你的形象。所以塞万提斯感慨："金钱是世界上最坚实的基础。"莎士比亚则一边摇头一边叹息："唉，没办法，只有钱才能使你到处通行。"

是的，在很多人的心目中，钱是最美妙的东西，它能使你傲视天下，使你美梦成真。钱主宰着社会的发展，也主宰着人的感情和意志。当今那么多伟业和善举，哪一件不和钱连在一起？没有钱，一切豪迈的设想和宏大的计划都是空谈；没有钱，你会在竞争激烈的商场上挺不直腰杆抬不起头；没有钱，你连对付饥饿都无能为力……钱啊钱，难道人类真要永远仰起脑袋来崇拜你？

然而，翻开人类的词典，也可以找到无数对钱的诅咒："金钱是万恶之源！""换取金钱的代价是自由！""钱可以让好人含怨而死，也可以让盗贼逍遥法外！"甚至有哲人大声呼吁："让我们都蔑视金钱吧！"

事情就是这么不可思议。钱就像一把双刃剑，把它的两面锋刃对着人类道德相悖的两个方面。有时候，钱可以成为成功的标志，对企业家和商人来说，通过合法手段赚得的钱越多，他们的事业就越成功；有时候，钱也可以成为罪行的记录，对那些盗贼和贪官污吏来说，他们偷盗贪污的钱财越多，他们的罪行就越严重，钱可以把他们送进监狱，送上断头台；有时候，钱可以成为高尚和善良的代表，在资助灾区和贫困者的捐款箱前，那些往箱子里投钱的手是多么优美；有时候，钱也可以成为无耻和腐败的佐证，在赌桌上，在妓院里，那些大把撒钱的手是多么丑陋。钱可以使高贵的心灵更显得慷慨，也可以使卑贱的灵魂显露出斑斑劣迹……

拼命追求钱的人，常常被钱压弯了腰，甚至被钱摧毁了人格；鄙视钱的，却也离不开钱，没有钱，便无法得到维持生命的元素。在现代社会，你想遁入荒郊，与自然天籁为伴，靠泉水野果充饥，采树叶柴草蔽体，这是痴人说梦。

钱啊，有人为它笑，有人为它哭，有人为它疯狂，有人为它堕落……

其实，钱本身并无美丑善恶，是发明它的人类在使用操纵它的时候使它发生了种种变异。所以有人感慨：金钱是个好仆人，但是个坏主人。

不错，现代人的生活离不开钱。但是，人类社会如果被一个“钱”字笼罩，被一个“钱”字统治，被一个“钱”字覆盖，那也许是文明的末日。

我相信，有些古老的法则，大概永远不会变化。钱的富有，决不等于精神的富有，钱的贫乏，也不等于灵魂的贫乏。精神的财富，金钱无法标价，譬如高贵的人格、坚贞的爱情、真挚的友谊、美好而伟大的艺术……

假如你拥有一颗善良、正直而博大的心，那么，不管你腰缠万贯还是囊中羞涩，你的灵魂都可以朗如日月、清如明镜。

假如你欲海无边、贪得无厌，那么，钱总有一天会成为埋葬你的坟墓。

当然，非常遗憾，这个世界，还不会根据人的品格和真正的需要来分配金钱。希望有那么一天，人与人之间没有贫富之分。或者这样：让所有的正直勤劳聪明的好人都成为富翁，而那些心怀叵测的卑鄙小人，则与贫穷为伍。也许，这也是痴人说梦。

不过，请记住，在这个世界上，还有比钱更重要、更珍贵的东西。

1995年8月29日

会心一笑

笑，是人类最重要的表情。据说，笑也是人和动物的最重要区别之一。人会笑，而动物，却永远不会笑。因为，笑是感情的流露，人有感情，而动物，没有感情（这个结论，我一直怀疑，但科学家们如是说）。

笑的表情，可谓千姿百态，丰富多变。有微笑，浅笑，大笑，狂笑；有欢笑，嬉笑，甜笑，苦笑；有讥笑，嗤笑，冷笑，狞笑；有嫣然一笑，嘿然一笑，淡然一笑，哑然失笑；有情不自禁的哈哈大笑，有手舞足蹈的仰天长笑，也有含着泪水的无声的笑……可以说，人的感情有多么丰富，人的笑容也有多么丰富。

曾经读过一篇文章，说生理学家做过实验和研究，人的脸部有若干块大大小小的肌肉，你笑时，这些肌肉如果动了多少块，就是发自内心的真正的笑，如果动了不到多少块，就是强打作笑、强颜欢笑，是假笑（恕我粗心，忘记了具体的数字）。读这

石 禅 | 绘画

篇文章时，我忍不住就笑起来。这笑，当然是真笑，因为我觉得这样的实验很滑稽。生理学家做实验的前提没有错，人类的笑，无论样子如何千奇百怪、千变万化，其实无非两种：一种是发自内心的真实自然的笑，另一种，是情不由衷的假笑，是一种和心灵并不统一的表情，俗话说的“皮笑肉不笑”，就是这样的笑。我想，如果每笑一次都要用仪器来测量一下，那是何等麻烦而又可怕的事情。好在永远不会有人愿意做这样的测试，也没有必要做这样的测试。因为，你的笑是发自内心，还是装模作样，明眼人一看就懂。当然，那些天才的表演大师，他们不在此列。

笑，如果发自内心，笑得由衷，笑得自然，笑得酣畅，笑得情不自禁，这笑容，也许是人类最动人、最美丽的神态和表情，这是灵魂灿烂的面孔，是心灵愉悦的歌唱。生活中如果到处能遇到这样的笑，你会感到这世界年轻，会感到阳光拂面。你心头的阴郁会渐渐消散，你的脸上也会情不自禁地浮出一片微笑作回报，这微笑的起源是你被感动的心灵……

可惜，这世界上还有另外一种笑。那些虚伪的、情不由衷的笑，使晴朗的心情变得阴郁，使明亮的眼睛蒙上灰尘，使人与人之间透明的关系变得含混不清、危机四伏。在这些不自然的笑容背后，暗藏着什么？是空虚，是伪善，是怯懦，是畏惧？是冷漠，是阴险，是凶狠，是无耻？是虚与委蛇的敷衍，是居高临下的自傲，是六神无主的惊慌，是不可告人的觊觎，是自以为是的蔑视……或者，是连假笑者自己也说不清楚的某种阴暗的情绪？

也许，没有那么可怕，只是无意识的脸部肌肉抽动，使观者产生了误会……

很遗憾，我无法诠释笑的全部含义，正如同我无法揭示人类复杂的情感世界一样。然而，我还是喜欢看到真诚的笑，看到那些发自内心的美丽的笑。面对着这样的笑容，我会自然地报以会心的一笑。人和人之间，多一点这样的会心一笑，是多么和谐多么好！

1997年1月12日于四步斋

青　春

世界上，还有什么字眼比“青春”这两个字更动人、更富有魅力？

青春是早晨的太阳，她容光焕发，灿烂耀眼，所有的阴郁和灰暗都遭到她的驱逐。

青春是江河里奔涌的激浪，天地间回荡着她澎湃的激情，谁也无法阻挡她寻求大海的脚步。

青春是一只高飞在天的鸟，她美丽的翅膀像彩色的旗帜，召唤着理想，憧憬着未来。

青春是一棵枝叶葳蕤的树，她用绿色光芒感染着所有生灵，使春天的景象常留在人间。

青春是一支余韵不绝的歌，她把浪漫的情怀和严峻的现实交织在一起，拨动每一个人的心弦。

青春是蓬蓬勃勃的生机，是不会泯灭的希望，是一往无前的勇敢，是生命中最辉煌的色彩……

当我写着上面这些文字的时候，我觉得自己的心跳在加快，无数年轻时代的往事浮现在记忆的屏幕上。

是的，青春总是和年轻连在一起。年轻人可以骄傲地大声宣布：青春属于我们。一个人，从出生，经历过婴儿、童年、少年、青年和中年，最后进入老年，这是铁定的自然规律，没有任何力量能改变这样的规律。在人的生命中，青年只是其中一个阶段。青春，难道只属于这个阶段？当发现自己鬓发染霜，肢体再不像从前那样灵活，眼睛也不像从前那样锐利明亮时，青年时代便已经成为过去。这时，青春是不是也已经如黄鹤一去不回，只留下和青春有关的回忆，安慰日渐衰老的心？

然而，青春并不仅仅是一种物质，她更是一种精神。在青年人的生活中，我感受着青春的活力，在很多中年人和老人的思想中，我也感受到青春的魅力。八年前，我去看望冰心，我和她谈了一个多小时，谈文学，谈人生，也议论社会问题，展望未来的中国。和她谈话，使我忘记了她是一个九十岁的老人，因为她的感情真挚，思想犀利，她的精神状态中没有一点陈腐和老朽。从冰心的家里回来，我曾写过这样的诗句："只要心灵不老，只要思想年轻，青春就不会离你远去。"

是的，心灵的衰老与否，决定了青春的归宿。最可怕的，是未老先衰，青春的容颜下面，潜藏着消沉衰老的心。最可贵的，是老年壮心，虽然鬓发染霜，却常存着进取之心。哀莫大于心老。

青春是人类共同的财富，但愿所有的人都能拥有她。

1998年6月14日于四步斋

日晷之影

影子在日光下移动，
轨迹如此飘忽。
是日光移动了影子，
还是影子移动了日光？

——题记

我梦见自己须髯皆白，像一个满腹经纶的哲人，开口便能吐出警世的至理格言。我张开嘴巴，却发不出一点声音。

我走得很累，坐在路边的石头上轻轻地喘息，我的声音却在寂静中发出悠长的回声。

时间啊，你正在前方急匆匆地走，为什么，我永远也无法追上你？

时间是不是一种物质？说它不是，可天地间哪一件事物与它无关？说它是，它无形无色无声，谁能描绘它的形状？

说它短促，它只是电光闪烁般的一个瞬间。然而世界上有什么事物比它更长久呢？它无穷无尽，可以一直往上追溯，也可以一直往下延续，天地间永远没有它的尽头。

说时间如流水，不错，水在大地上奔流，没有人能阻挡它奔腾向前。然而水流有干涸的时候，时间却永不停止它的前行。说时间如电光，不错，电光一闪，正是时间的一个脚步。电光闪过之后，世界便又恢复了它的沉寂和黑暗。那么，时间究竟是闪烁的电光，还是沉寂和黑暗？

我们为时间设定了很多标签，秒、分、小时、天、月、旬、年、世纪……对于人类来说，每一个标签都有特定的意义，因为，在这个时刻，发生了对于某些人具有特殊意义的事件，比如某个人诞生，某一场战争爆发，某一个时代开始……然而对于时间来说，这些标签有什么意义呢？一天，一个月，一年，一个世纪，在时间的长河中都只能是一滴水，一朵浪花，一个瞬间。

再伟大的人物，在时间面前，都会显得渺小无能。叱咤风云的时候，时间是白金，是钻石，灿烂耀眼，光芒四射。然而转瞬之间，一切都已经过去，一切都变成了历史。

根据爱因斯坦的假设，如果能以光的速度奔跑，我就能走进遥远的历史，能走进我们的祖先曾经生活过的世界。于是，我便也能以现代人的观念，改写那些已经写进人类史册的历史，为那些黑暗的年代点燃几盏光明的灯火，为那些狂热的岁月泼一点清醒的凉水。我也能想办法改变那些曾经被扭曲被冤屈的历史人物的命运，取消很多人类的悲剧。我可以阻止屈原投江，解救布鲁诺出狱，我可以使射向普希金的子弹改变方向，也能使希特勒这个罪恶的名字没有机会出现在世界上……

然而我也不得不自问，如果我改变了历史，改变了祖先们的命运，那么，这天地之间还会不会有我此刻所处的世界，还会不会有我这样一个人？

我想，我永远也不可能以光速奔跑，我的同类，我的同时代人，我的后代，大概都不可能这样奔跑。所以我不可能改变历史，而且，我并不想做一个能改变历史的好汉。爱因斯坦也一样，他再聪明伟大，也无法改变已经过去的历史。即使他能以光速奔跑。

在乡下“插队”时，有一次干活休息，我一个人躺在一棵树下，斑驳的阳光透过树叶的缝隙照在我的身上。我的目光被视野中的一条小小的青虫吸引，它正沿着一根细而软的树枝，奇怪地扭动着身体，用极慢的速度往上爬。在阳光的照射下，它的身体变得晶莹透明。可以想象，对它来说，作这样的攀登是何等艰难劳累。小青虫费了很多时间，攀登到了树枝的顶端，再也无路可走。这时，一阵风吹来，树枝摇晃了一下，小青虫被晃落在地。这可怜的小虫子，费了这么多时间和气力，却因为瞬间的微风而

石　禅丨绘画

功亏一篑。我想，如果我是这条小青虫，此刻将会被懊丧淹没。小青虫在地上挣扎了一会儿，又慢慢在地上爬动起来，我想，它大概会吸取教训，再也不会上树了。我在树下睡了一觉，醒来的时候，发现那条小青虫竟然又爬到了原来那根细树枝上，它还是那样吃力地扭动着身体，慢慢地向上爬……这小青虫使我吃惊，我怎么也不明白，是什么力量使它如此顽强地爬动，是什么原因使它如此固执地追寻那条走过的路，它要爬到树枝上去干什么？然而小虫子的执着却震撼了我。这究竟是愚昧还是智慧？

这固执坚忍的小青虫使我想起了希腊神话中的西西弗。西西弗死后被打入地狱，并被罚苦役：推石上山。西西弗花费九牛二虎之力，将一块巨石推到山顶，巨石只是在山顶作瞬间停留，又从原路滚落下山。西西弗必须追随巨石下山，重新一步一步将它推上山顶，然后巨石复又滚落，西西弗又得开始为之拼命……这种无效无望的艰苦劳作往复不断，永无穷尽。责令西西弗推石的诸神以为这是对他最严厉的惩罚。西西弗无法抗拒诸神的惩罚，然而推石上山这样一件艰苦而枯燥的工作，却没有摧垮他的意志。推石上山使他痛苦，也使他因忙碌辛劳而强健。有人认为，西西弗的形象，正是人类生活的一种简洁生动的象征，地球上的大多数人，其实就是这样活着，日复一日，重复着大致相同的生活。那么，我们生活的世界难道就是一个地狱？当然不是。加缪认为，西西弗是快乐而且幸福的，他的命运属于他自己，他推石上山是他的事情。他为把巨石推上山顶所做的搏斗，本身就足以使他的心里感到充实。

西西弗多像那条在树枝上爬动的小青虫。将时光和精力全部耗费在无穷的往返中，耗费在意义含混的劳役里，这难道就是人生的缩影？

我当然不愿意成为那条在树枝上爬动的小青虫，也不希望成为永远推着巨石上山的西西弗。我只想做一个普通的人，按自己的心愿生活。可是，我常常身不由己。

人是多么奇怪，阴霾弥漫的时候盼望云开日出，盼望阳光普照大地，晴朗的日子里却常常喜欢天空飘来云彩遮住太阳。黑暗笼罩天地的时候，光明是何等珍贵，一颗星星，一堆篝火，一点豆火，都会是生命的激素，是饥渴时的面包和清泉，是死寂中美妙无比的歌声，是希望和信心。如果世界上消失了黑夜，那又会怎么样呢？那时，光明会成为诅咒的对象，诗人们会对着太阳大喊：你滚吧，还我们黑夜，还我们星星和月亮！我们的祖先早已对此深有体验，后羿射日的故事，大概不是凭空杜撰出来的。

造物主给人类一双眼睛，我们用它们看自然，看人生，用它们观察世界上发生的一切事情。我们也用它们表达情感，用它们笑，用它们哭——多么奇妙，我们的眼睛会流出晶莹的液体。

婴儿刚从母体诞生时，谁也无法阻止他们的哇哇啼哭。他们不在乎任何人的看法，放开喉咙，无拘无束，大声地哭，泪水在他们红嫩的小脸上滚动，嘹亮的哭声在天地间回荡。哭，是他们给这个迎接他们到来的世界的唯一回报。

婴儿为什么哭？是因为突然出现的光明使他们受了惊吓，是因为充满空气的世界远比母亲的子宫寒冷，还是因为剪断了连接母体的脐带而疼痛？不知道。然而可以肯定，此时的哭声，没有任何悲伤的成分。诗人写诗，把婴儿的啼哭比作生命的宣言，比作人间最欢乐纯真的歌唱，这大概不能说错。而当婴儿长成孩童，长成大人后，有谁能记得自己刚钻出娘胎时的哭声，有谁能说清楚自己当时怎样哭，为什么而哭？诗人们自己也说不清楚。无助无知的婴儿，哭只是他们的本能。我们每个人当初都曾经为这样的本能大声地、毫不害羞地哭过。没有这样的经历，大概不能成为一个真正的人。

当我们认识了世事，积累了感情，有了爱憎，当我们开始在意自己的形象和表情，哭，就成了问题。哭再不可能是无意识的表情，眼泪，和悲哀、忧伤、愤怒、欢乐联系在一起。有说“姑娘的眼泪是金豆子”，也有说“男儿有泪不轻弹”，流眼泪，成了生命中的严重事件。

人人都经历过这样的严重事件。我想，当我的生活中消失了这样的“严重事件”，当我的眼睛失去了流泪的功能，我的生命大概也就走到了尽头。

心灵为什么博大？因为心灵在成长的过程中，经历了无数细微的情节，它们积累，沉淀，像种子在灵魂深处萌芽，生根，长叶，最终会开出花朵。把心灵比作田地，心田犹如宽广的原野，情感和思索的种子在这原野里生生灭灭，青黄相接，花开不败。我们视野中的一切，我们思想中的一切，我们所有的喜怒哀乐，都在这辽阔无边的原野中跋涉驰骋。

生命纵然能生出飞舞的翅膀，却无法飞越命运的屏障，无法飞越死亡。我们只是回旋在受局限的时空里，只是徘徊在曲折的小路上。对于个人，小路很短，尽头随时会出现。对于人类，这曲折的小路将永无穷尽。

活着，就往前走吧。我不知道前面会出现什么，但我渴望知道，于是便加快脚步。在天地之间活相同的时间，走的路却可能完全不同，有的人走得很远，看见很多美妙的景色，有的人却只是幽囚于斗室，至死也不明白世界有多么辽远阔大。

我常常回过头来找自己的脚印，却无法发现自己走过的路在哪里，无数交错纵横的脚印早已覆盖了我的足迹。

仰望天空，我永远也不会感到枯燥和厌倦。飞鸟划过，把自由的向往写在天上。白云飘过，把悠闲的姿态勾勒在天上。乌云翻滚时，瞬息万变的天空浓缩了宇宙和人世的历史，瞬间的幻灭，演示出千万年的动荡曲折。

最神奇的，当然是繁星闪烁的天空。辽阔、深邃、神秘、无垠……这些字眼，都是为夜空设置的。人间的神话，大多起源于这可望及而不可穷尽的星空。仰望夜空时我常常胡思乱想，中国的传说和外国的神话在星光浮动的天上融为一体。

嫦娥为了追求长生而投奔月宫，神女达佛涅为了摆脱宙斯的追求变成了一棵月桂树，嫦娥在月宫里散步时走到了达佛涅的月桂树下，两个同样寂寞的女神，她们会说些什么？

周穆王的八骏马展开翅膀腾云驾雾，迎面而来的，是赫利俄斯驾驭着那四匹喷火快马曳引的太阳车，中国的宝驹和希腊的神马在空中擦肩而过，马蹄和车轮的轰鸣惊天动地……

射日的后羿和太阳神阿波罗在空中相遇，是弓箭相见，还是握手言欢？

有风的时候，我想起风神玻瑙阿斯，他拍动肩头的翅膀，正在天上呼风唤雨，呼啸的大风中，沙飞石走，天摇地撼。而中国传说中的风姨女神，大概也会舞动长袖来凑热闹，长袖过处，清风徐来，百鸟在风中飞散，落花在风中飘舞……我由此而生出奇怪的念头：风，难道也有雌雄之分？

在寂静中，我的耳畔会出现荷马史诗中描绘过的“众神的狂笑”，应和这笑声的，是孙悟空大闹天宫时发出的漫天喧哗……

有时候，晴朗的夜空中看不见星星。夜空漆黑如墨，深不可测。于是想起了遥远的黑洞。

黑洞是什么？它是冥冥之中一只窥探万物的眼睛。它目力所及的一切，都会无情地被它吸入，消亡在它无穷无尽的黑暗里。也许，我和我的同类，都在它的视线之内，我们都在经历被它吸入的过程。这过程缓慢而无形，我们感觉不到痛苦，然而这痛苦的被吸入过程正在有条不紊地进行。

那么，那些死去的人，大概是完成了这样的痛苦。他们离开世界，消失在黑洞中。活着的人们永远也无法知道他们被吸入黑洞一刹那的感觉。

提出了黑洞理论的霍金坐在轮椅上，他仰望星空的目光像夜空一样深不可测。

宇宙的无边无际，我从小就想不明白，有时越想越糊涂。天外有天，天外的天外的天又是什么？至于宇宙的成因，就更加使我困惑。据说，在极遥远的年代，宇宙产生于一次大爆炸，这威力巨大的爆炸使宇宙在瞬间膨胀了无数亿倍。今天的宇宙，仍在这膨胀的过程中。爱因斯坦的广义相对论为这样的“爆炸”和“膨胀”说提供了依据。

于是坐在轮椅上的霍金说话了：“假如暴胀宇宙论是正确的，宇宙就包含有足够的暗物质，它们似乎与构成恒星和行星的正常物质不同。”

“暗物质”，也就是隐形物质，据说它们占了宇宙物质的百分之九十。也就是说，在天地之间，大多数的物质，我都看不见摸不着，它们包围着我，而我却一无所知。多么可怕的事情！

科学家正在很辛苦地寻找“暗物质”存在的依据。这样的探寻，大概是人世间最深奥最神秘的工作。但愿他们会成功。

而我们这样平凡的人，此生大概只能观察、触摸那百分之十的有形物质。然而这就够了，这并不妨碍我的思想远走高飞。

一只不知名的小花雀飞到我书房窗台上，灰褐色的羽毛中，镶嵌着几缕耀眼的鲜红。这样可爱的生灵，还好没有归入隐形的一类。花雀抬起头来，正好撞到了我凝视的目光。它瞪着我，并不因为我的窥视而退缩，那对闪闪发亮的小眼睛，似乎凝集了天地间的惊奇和智慧。它似乎准备发问，也准备告诉我远方的见闻。

我向它伸出手去，它却张开翅膀，飞得无影无踪。

为什么，它的目光使我怦然心动？

微风中的芦苇姿态优美，柔曼妩媚，向世界展示生命的万种风情。微风啊，你是生命的化妆品，你用轻柔透明的羽纱制作出不重复的美妙时装，在每一株芦苇身边舞蹈。你把梦和幻想抛撒在空中，青翠的芦叶和银白的芦花在你的舞蹈中羽化成蝴蝶和鸟，展翅飞上清澈的天空。

微风轻漾时，摇曳的芦苇像沉醉在冥想中的诗人。

在一场暴风雨中，我目睹了芦苇被摧毁的过程。也是风，此时完全是另外一副面容，温和文雅不知去向，取而代之的是

石　禅 | 绘画

疯狂和粗暴，撕裂的绿叶在狂风中飞旋，折断的苇秆在泥泞中颤抖……这是一场实力悬殊的战争，是强大的入侵者对无助弱者的蹂躏和屠杀。

暴风雨过去后，世界像以前一样平静。狂风又变成了微风，踱着悠闲的慢步徐徐而来。然而被摧毁的芦苇再也无法以优美的姿态迎接微风。微风啊，你是代表离去的暴风雨来检阅它的威力和战果，还是出于愧疚和怜悯来安抚受伤的生命？

芦苇无语。倒伏在地的苇秆上，伸出尚存的绿叶，微风吹动它们，它们变成了手掌，无力地摇动着，仿佛在表示抗议，又像是为了拒绝。

可怜的芦苇！它们倒在地上，在微风中舔着伤口，心里绝不会有报仇的念头。生而为芦苇，永不可能成为复仇者，只能逆来顺受地活下去，用奇迹般的再生证明生命的坚忍和顽强。

而风，来去无踪，美化着生命，也毁灭着生命。有人在赞美它的时候，也有人在诅咒它。

无须从哲人的词典里选取闪光的词汇为自己壮胆。活在这世上，每一个人都具备了做一个哲人的条件。你在生活的路上挣扎着，你在为生存而搏斗，你在爱，你在恨，你在寻求，你在追求一个目标，你在为你的存在而思索，为你的行动而斟酌，你就可能是一个哲人。不要说你不具备哲人的智慧和深沉，即便你木讷少言，你也可能口吐莲花。

行者，必有停留之时。在哪一点上停下来其实并不重要，要紧的是停下来之前走了多少路，走到了什么地方，看见了一些什么。

将生命停止在风景美妙的一点上，当然有意思。即便是停止在幽暗之处，停止在人迹罕至的场所，停止在荒凉的原野，也不必遗憾，只要生命能成为一个坐标，为世人提供一点故事，指点一段迷津，你就不会愧对曾经关注你的那些目光。

我仰望天空，我知道上苍在俯视我。我头顶的宇宙就是上帝，我无法了解和抵达的一切，都凝聚在上帝的目光中，这目光深邃博大，能包容世间万物。

我想，唯一无法被上帝探知的，是我的内心。你知道我在想什么，我在憧憬什么，我在期待什么？上帝，你不知道，我也不会告诉你。如果你以为你已洞察一切，那么你就错了。

是的，对于我的内心来说，我自己就是上帝。

1999年仲夏~2000年初秋于四步斋

印象·幻影

早晨的阳光，从树荫中流射到窗帘上，光点斑驳，如无数眼睛，活泼，闪动，充满窥探的好奇，从四面八方飞落在我的眼前。我想凝视它们，它们却瞬间便模糊、黯淡，失去了踪影。我感觉晕眩，欲昏昏睡去，它们又瞬间出现，在原来亮过的飘动的窗帘上，精灵般重聚，用和先前不同的形态，忽明忽暗。活泼的年轻的眼睛，突然变成了老年人垂暮的目光，心怀叵测，怀疑着、惊惶着、犹疑着，无法使我正视。

你们是谁！

我睁大眼睛，视野里一片斑斓天光。那些不确定的光点不见了，光线变得散漫漂浮，仿佛可以将一切融化。眼睛们，已经隐匿其中，一定仍在窥探着，兴致勃勃，然而我已看不到。只见窗帘在风中飘动，如白色瀑布，从幽冥的云间垂挂下来，安静、徐缓、优雅。这是遥远的景象，与我间隔着万水千山。闭上眼睛，天光从我耳畔掠过，无数光箭擦着我的脸颊、我的鬓发、我的每根汗毛，飞向我身后。来不及回头看它们，我知道，远方那道瀑布，正在逼近，雪光飞溅，水声轰鸣，我即将变成一颗水珠，一缕云气，融入那迎面而来的大瀑布。

据说，梦境有彩色的，也有黑白的。有的人，永远做黑白的梦。我很多次在梦醒后回忆自己的梦是否有颜色，有时一片混沌，色彩难辨，有时却很清晰地想起梦中所见的色彩。

曾经梦见海，应该是深沉的蔚蓝，却只见黑白，海浪翻涌，一浪高过一浪，浓黑如墨，浪尖上水花晶莹耀眼，是雪亮的白色。在浪涛的轰鸣声中忽然听见尖厉的鸟鸣，却无法见到鸟的身影。自己仿佛是那黑色浪涛中的一分子，黑头黑脸地上上下下，在水底时昏黑一片，升到浪峰时又变成晶莹的雪白。我留恋那光明的白色，却只能在一个瞬间维持它的存在，还没容我喘息，复又进入那无穷无尽的黑。而鸟鸣总在持续，时远时近，时而如欢乐的歌唱，时而像悲伤的叹息，有时又像一个音域极高的女声，优美而深情。那声音如天上的光芒，照亮了黑色的海，浪尖上那些晶莹耀眼的雪花，就是这歌声的反照。我在这黑白交错中转动着、翻腾着，虽然晕眩，有一个念头却愈加强烈：

那只鸣唱的鸟呢？它在哪里？它长得什么模样？

我追随着那神秘的声音，睁大了眼睛寻找它。在一片浓重的黑暗消失时，婉转不绝的鸟鸣突然也消失，世界静穆，变成一片灰色。灰色是黑白的交融，海水似乎变成了空气，在宇宙中蒸发、消散、升腾。我难道也会随之飞翔？鸟鸣突然又出现，是一阵急促的呼叫。海浪重新把我包裹，冰凉而炽热。这时，我看见了那只鸟。那是一点血红，由远而近，由小而大，漾动在黑白之间。我仰望着它，竟然和它俯瞰的目光相遇，那是红宝石般的目光。

它是彩色的。

为什么我不喜欢戴帽子？哪怕寒风呼啸，冰天雪地，我也不戴帽子，与其被一顶帽子箍紧脑门，我宁愿让凛冽的风吹乱头发。彩色的帽子，形形色色的帽子，如绽开在人海中的花，不安地漂浮、晃动，它们连接着什么样的枝叶，它们为何而开？

童年时一次帽子店里的经历，竟然记了一辈子。

那时父亲还年轻，有时会带我逛街。一次走进一家帽子店，父亲在选购帽子，我却被商店橱窗里的景象吸引。橱窗里，大大小小的帽子，戴在一些模特脑袋上。模特的表情清一色，淡漠、呆板，眉眼间浮泛出虚假的微笑。有一个戴着黑色呢帽的脑袋，似乎与众不同，帽子下是一张怪异的脸，男女莫辨，一大一小两只不对称的黑色眼睛，目光有些逼人，嘴唇上翘的嘴微张着，好像要开口说话。我走到哪里，他好像都追着我盯着我。我走到他面前，他以不变的表情凝视我，似在问：

喜欢我的帽子吗？黑色的呢帽，是一团乌云，凝固在那张心怀叵测的脸上。假的脸，为什么像真的一样丑陋？

几天后的一个深夜，我竟然在梦中和那个脑袋重逢。我从外面回家，家门却打不开，身后传来一声干咳。回头一看，不禁毛骨悚然：帽子店里见过的那个脑袋，就在不远处的地下待着，戴着那顶黑色呢帽，睁着一大一小的眼睛，诡异地朝我微笑。他和我对峙了片刻，突然跳起来，像一只篮球，蹦跳着滚过来。我拼命撞开家门，家里一片漆黑，本来小小的屋子，变得无比幽深。我拼命喊，喉咙里却发不出声音，拼命跑，脚底却像注了铅，沉重得无法迈动一步。而身后，传来扑通扑通的声音，是那个脑袋正跳着向我逼近……

这是个没有结局的梦。在那个脑袋追上我之前，我已被惊醒。睁开眼睛，只见父亲正站在床前，温和慈祥地俯视我。

沉默的泥土，潜藏着童心的秘密。

我埋下的那粒小小的牵牛花种子，正在泥土下悄悄发生变化。每天早晨，浇水，然后观察。沉默的泥土，湿润的泥土，庄严的泥土，虽然只是在一个红陶花盆里，在我眼里，这就是田地，就是原野，就是大自然。种子发芽，如蝴蝶咬破茧蛹，也像小鸟啄破蛋壳，两瓣晶莹透明的幼芽从泥土的缝隙里钻出来，迎风颤动，像两只摇动的小手，也像一对翅膀，招展欲飞。我分明听见了细嫩而惊喜的欢呼，犹如新生婴儿在快乐啼哭。那孕育哺

石　禅 | 绘画

养烘托了它们的泥土，就是温暖的母腹。

幼苗天天有变化。两瓣嫩叶长大的同时，又有新的幼芽在它们之间诞生，先是芝麻大一点，一两天后就长成绿色的手掌和翅膀。有时，我甚至可以看见那些柔软的细茎迎风而长，不断向上攀升。它们向往天空。我为它们搭起支架，用一根细细的棉纱绳，连接花盆和天棚。这根纱绳，成为阶梯，和枝叶藤蔓合而为一，缠绕着升向天空。一粒小小的种子，竟然萌生繁衍成一片绿荫……

如果种子的梦想是天空，那么，目标很遥远。它们开过花，像一支支粉红色的喇叭，对着天空开放。花开时，那些小喇叭在风中摇曳，吹奏着无声的音乐。我听见过它们的音乐，那是生灵的欢悦，也是因遗憾而生的哀叹。

凄美的是秋风中的衰亡。绿叶萎黄了，干枯了，一片片被风打落，在空中飘旋如蝴蝶。没有任何力量可以阻止这衰落。

我发现了它们传宗接代的秘密。在花朵脱落的地方，结出小小的果实，果实由丰润而干瘪，最后枯黄。这是它们的子囊。一个有阳光的中午，我听见"啪"的一声，极轻微的声音，是子囊在阳光下爆裂，黑色的种子，无声地散落在泥土里……

生命成长、消亡、轮回的过程，是天地间最平凡最奇妙的事件。

假如没有那道光束，世界在我的印象中就是幽暗和纯净。

曾躺在一间没有窗户的房间里，周围的空间，似乎无穷无尽，没有边际，世界就在这幽暗中延伸，一直延伸到我难以想象的遥远。睁开眼睛和闭上眼睛，感觉是一样的。我的身心，也是一片无形的幽暗，静静地飘荡融合在这辽阔无边的空间中。

在昏黑之中，可以自由地大口呼吸，感觉并不闭塞。吸进来的空气，似有旷野的清新，草的气息，树叶的味道，人群奔跑时扬起的尘埃……然而这只是想象。我无法看见空气，也许永远看不见。

这时，突然出现一道光，从屋顶的某个部位射入，如一柄神奇的宝剑，飒然劈下。那是墙上一个小小的洞孔，在天上运行的太阳此刻恰好直对着它，阳光便直射进来。幽暗中的这道光，成为连接屋顶和地面的一座桥，它的长度，标出了屋子的高，也映照出相隔不远的四壁，实在是低矮狭窄的一个小小空间。想象中的阔大顿时消失。光柱竟然并不虚空，如同一根透明雪亮的水晶柱，无数浮游物在里面飘动，如烟雾萦绕。这是屋子里的灰尘。想象中的纯净也荡然无存。

光柱消失后，屋里又恢复了幽暗。然而，那个阔大纯净的空间再也不会回来。哪怕闭上眼睛，也能感到墙壁、天花板从四面八方向我压过来，灰尘在我周围飘浮……

沿着长长的一堵高墙，走。墙迎面而来。往前看，是无尽的墙，往上看，不见天，和墙相连的，也是类似墙的实体。无法确定是在屋里还是在屋外。沿墙走，找门。

这墙上竟无门，不知走了多久，除了墙，还是墙。然而还是得走，不相信这世界的所有，就是灰色水泥和砖石的垒积。

终于看见了一扇门，狭窄而矮小，粗糙如铅，推门，却不觉沉重，未用力，门已自动开启。低头，侧身，进入。墙原来很薄，如纸。

门在背后关阖，轰然有声。那是发生在厚墙和大门之间沉闷的响声。

因不知是在墙里还是墙外，进门，仍无法判断我是进入还是走出。眼前还是墙，只是有了不规则的四壁，四壁之上，却犹如夜空，有群星闪烁，星光背后，无穷的幽暗。

还有更大的不同：墙上，到处是门。方的门，圆的门，古老的门，现代的门，中式的木门，西洋的铁门，形形色色，看得我眼花。我必须选择一扇门进入。门里，或者是更封闭的世界，或者是自由。

一扇暗红色的门，门楣上雕刻着古老的符号、马车、武士、云纹、龙，门上有铜环，衔于奇兽之口。奇兽面目狰狞，怒目圆睁，龇牙咧嘴，似在问：你敢进来吗？

一扇金黄色的门，门上镶嵌着五彩的宝石，光芒如刀剑四射，让人难以直视。门上有把手，光洁莹亮，看得出，有无数手曾经抚摸转动过它。

一扇石门，粗看似无，仔细看，才发现细小紧密的门缝。想透过门缝窥探门外，有陈腐的冷气嗖嗖扑面。

发现了一扇木门，小而简朴，由几块木板拼合而成，像我当年在乡下常见的农家屋门。伸手抚摸那门，摸到了木板上天然的花纹，这是树的年轮，是生命成长的屐痕。我抚摸着木门上的花纹，眼前仿佛出现了活生生的树，青枝交错，绿叶婆娑，花朵在枝叶间绽放，鸟翅美妙地掠过……

我用力推开那木门，门外的景象，竟然完全如同我的幻想。门外是树林，是自由的天籁。我大步走出去，轻盈如风。回头看，墙和门竟已无迹可寻，只有绿树蔓延。抬头看，天光正从枝叶间灿烂射入。

2008年春日于四步斋

雨　中

傍晚，天边飘来一朵暗红色的云。天还没落黑，就淅淅沥沥下起雨来。

热闹了一天的城市，在雨中渐渐安静下来。汹涌的人潮流进了千家万户，水淋淋的马路，像一条闪闪发光的绸带，在初夏的绿荫中轻轻地飘。一群刚刚放学的孩子撑着雨伞，仿佛是浮动的点点花瓣；偶尔过往的车辆，就像水波里穿梭的小船……

一个年轻的姑娘拉着一辆小运货车，在雨中急匆匆地走来。车上装着两大筐苹果，红彤彤的，黄澄澄的，堆得冒出了箩筐。许是心急，许是路滑，在马路拐弯处，只见小车一歪，一只箩筐翻倒在马路上，又圆又红的大苹果，滴溜溜地在湿漉漉的路面上蹦跳着，蹦到了马路中间，跳到了马路对面，一时滚得满地都是。姑娘赶紧放下车把，慌里慌张拾了起来。几百个苹果散了一地，哪里来得及捡呢！姑娘捡起了这个，滚走了那个，眼看汽车嘟嘟叫着从远处驶来……

正好，有一群放学回家的孩子们走过这里，没等姑娘招呼，他们就奔过去，七手八脚地捡了起来。姑娘直起身子，不由皱起了眉头，哦，假使遇上一帮淘气的孩子，每人捡几个苹果一哄而散，挡也没法儿挡呀！仿佛看出了她的焦虑，一个胖乎乎的小男孩走到她身边，说："不要着急，大姐姐，一个苹果也不会少！"说罢，他解下脖子上的红领巾，大声叫道："刚刚、彬彬、小军，来，跟我封锁交通！"然后，又不停地摆动红领巾，向驶近的汽车大声叫着："停一停！停一停！"

一辆大卡车停下来了。司机是个小伙子，他把头伸出车窗一瞧，笑了，然后砰的一声打开车门，跳下车和孩子们一块儿捡起苹果来。一辆小轿车停下来了，一位满头白发的老人也走下车来了。路边，过往的行人也来了。大大小小的人们混在一起，追逐着满地乱滚的苹果，宁静的马路顿时热闹起来……

这一切，发生得这样突然，又结束得这样迅速。我们的那位运苹果的姑娘，还没来得及说声谢谢，帮助拾苹果的人们已经消散在雨帘里。孩子们嬉笑着撑开伞，唱着歌儿走了，卡车和轿车也开走了。只有那一筐散而复聚的大苹果，经过这一趟小小的旅行，变得水淋淋的，在姑娘身边闪着亮晶晶的光芒。

两筐苹果，几个孩子，一场为夏天的闷热带来的万般清凉的雨……这些本来毫不相干的事物，在一个偶然的机会里，却相互关联着，组成了一个并不宏大，却十分动人的场面——留下了很多的深思，随着这绵绵长长的雨点，随着这拂面而来的夜风，流进了一条条大街小弄，或许，也流进了人们的心里……

在夏天，这样的雨是很多的。

我盼望着……

雨，还在飘飘洒洒。恢复了宁静的马路，依然像条闪光的绸带，在雨帘里轻轻地飘。运苹果的姑娘目送着孩子们彩色的雨伞，突然感到，这初夏的雨点，是那么清凉，这雨中的世界，是那么清新……

1980年初夏于上海

（本文被选入人民教育出版社、浙江教育出版社出版的小学语文课本）

炊　烟

在人迹罕至的深山密林里，假如看见一缕炊烟……

在饥肠辘辘的旅途中，假如看见一缕炊烟……

也许不会有什么比它更亲切了。那是一种动人的招手，是一种充满魅力的微笑，是一个似曾相识的陌生人，友好地向你挥动着一方柔情的白手绢……

掸落飘在肩头的枯叶，擦了擦额头的汗珠，我终于看见了在远方山坳里的炊烟，它优美地飘动着，无声无息地向我透露着一个质朴的希望。心中的惶乱被它轻轻地抚平了——在深山里走了大半天，饥饿、疲乏、山重水复的怅惘，曾经使我的脚微微地颤抖，步伐也失去了沉稳的节奏……

我急匆匆地走向山坳，走向炊烟。我想象着炊烟下可能出现的情景：大蘑菇似的小木屋，屋里，许是一个白胡子的看林老人，许是一个山泉般水灵的小姑娘，都带着一些童话的色彩……

果然看见两间小木屋了，只是普普通通，不像大蘑菇。木屋里走出一个胖胖的中年妇女，黑红的脸颊上，洋溢着只有山里人才有的那种健康的光彩。“客人来啦，快进屋里歇吧！”没等我开口，她就笑声朗朗地叫起来。一个矮小的男人应声走出来，这自然是她的丈夫了，他只是微笑着点头，似乎有些腼腆。

“能不能……麻烦买一点吃的？”早已过了吃午饭的时间，我不好意思地问。

“那还要问？坐下，先喝碗茶！”她把我按在一把竹椅上，转身从灶台的铁锅里舀给我一碗热气腾腾的开水，又悄声叮嘱了丈夫几句，那男人一声不吭地走出门去了。

灶台有点脏，她也许怕我看了不好受，找来一块抹布仔细擦了一擦。“山里人邋遢，将就一下啦！”她一边笑着，一边又从水缸里舀水洗那口空着的铁锅，一连洗了三遍。

不一会儿，那男人拎着满满一篮红薯和芋头回来了，并且已经在山溪中洗得干干净净。她把红薯和芋头倒进锅里，坐到灶背后烧起火来，他不知又到哪里去了。

小木屋里静下来，只有门外的哗啦哗啦的林涛和灶膛里毕剥毕剥的柴火，一起一落地在耳畔响着，协奏出一首奇妙的曲子。我喝着茶，打量着小木屋里的一切：简朴而结实的桌、椅、橱；门背后各种各样的农具；一架亮晶晶的半导体收音机，挂在一张毛茸茸的兽皮边上……这山里的农户，真有点世外桃源的味儿了。

红薯和芋头馋人的香味在小木屋里飘溢起来。“吃吧，爱吃多少就吃多少，只是别嫌粗糙啦。”她把一大盆冒着热气的红薯、芋头放到我面前。

哦，红薯和芋头，竟是那么香，那么甜，不仅抚慰了我的饥肠，也驱除了我的疲乏。这是我一生中最美的午餐之一！

她坐在一边，快活地笑着看我狼吞虎咽，手中不停地打着一件鲜红的毛衣，毛衣不大，像是孩子穿的。

“你有几个孩子？”

“有两个女儿，到山外读书去了，一个上小学，一个念中学，都寄宿在学校里。我想让她们将来都上大学呢！现在山里人富了，什么也不愁，就指望孩子们有出息。”她笑着回答，语气是颇为自豪的。这小木屋里，也有着和山外世界同样的憧憬和向往……

吃饱了，歇够了，该继续赶路了。我掏出一些钱给她。

“钱？”她又笑了，“这儿不是商店，快放回你的口袋里吧。如果不忘记山里的人，以后再来！”我的脸红了，也不知是为了什么，也许是为了这城里人的习惯……

起身走时，我发现背包变得沉甸甸的，打开一看，竟塞满了黄澄澄的橘子！是他，原来刚才去了橘林。“都是自家种的，带着路上解解渴。”他在一边腼腆地笑着，声音很轻，却诚恳。

我走了。她和他并肩站在门口，不停地向我挥手。

“再来啊！”他们的声音在山坳里回荡……

走远了，小木屋消失在绿色的林涛之中，只有那一缕炊烟，依然优美地在天上飘……再来，也许永远没有机会了，然而我再也不会忘记武夷山中的这一缕炊烟。炊烟下，并没有什么惊心动魄的传奇故事，却有真诚，有淳朴，有人间最香甜的美餐……

1982年秋

（本文被选入浙江教育出版社和中国香港出版的初中语文课本）

石　禅 | 绘画

顶碗少年

有些偶然遇到的小事情，竟会难以忘怀，并且时时萦绕于心。因为，你也许能从中不断地得到启示，从中悟出一些人生的哲理。

这是二十多年前的事情了。有一次，我在上海大世界的露天剧场里看杂技表演，节目很精彩，场内座无虚席。坐在前几排的，全是来自异国的旅游者，优美的东方杂技，使他们入迷了。他们和中国观众一起，为每一个节目喝彩鼓掌。一位英俊的少年出场了。在轻松优雅的乐曲声里，只见他头上顶着高高的一叠金边红花白瓷碗，柔软而又自然地舒展着肢体，做出各种各样令人惊羡的动作，忽而卧倒，忽而跃起……碗，在他的头顶摇摇晃晃，却总是不掉下来。最后，是一组难度较大的动作——他骑在另一位演员身上，两个人一会儿站起，一会儿躺下，一会儿用各种姿态转动着身躯。站在别人晃动着的身体上，很难再保持平衡，他头顶上的碗，摇晃得厉害起来。在一个大幅度转身的刹那间，那一大叠碗突然从他头上掉了下来！这意想不到的失误，使所有的观众都惊呆了。有些青年大声吹起了口哨……

台上，却并没有慌乱。顶碗的少年歉疚地微笑着，不失风度地向观众鞠了一躬。一位姑娘走出来，扫起了地上的碎瓷片，然后又捧出一大叠碗，还是金边红花白瓷碗，十二只，一只不少。于是，音乐又响起来，碗又高高地顶到了少年头上，一切都要重新开始。少年很沉着，不慌不忙地重复着刚才的动作，依然是那么轻松优美，紧张不安的观众终于又陶醉在他的表演之中。到最后关头了，又是两个人叠在一起，又是一个接一个艰难的转身，碗，又在他头顶厉害地摇晃起来。观众们屏住气，目不转睛地盯着他头上的碗……眼看身体已经转过来了，几个性急的外国观众忍不住拍响了巴掌。那一叠碗却仿佛故意捣蛋，突然跳起摇摆舞来。少年急忙摆动脑袋保持平衡，可是来不及了。碗，又掉了下来……

场子里一片喧哗。台上，顶碗少年呆呆地站着，脸上全是汗珠，他有些不知所措了。还是那一位姑娘，走出来扫去了地上的碎瓷片。观众中有人在大声地喊：“行了，不要再来了，演下一个节目吧！”好多人附和着喊起来。一位矮小结实的白发老者从后台走到灯光下，他的手里，依然是一叠金边红花白瓷碗！他走到少年面前，脸上微笑着，并无责怪的神色。他把手中的碗交给少年，然后抚摩着少年的肩胛，轻轻摇撼了一下，嘴里低声说了一句什么。少年镇静下来，手捧着新碗，又深深地向观众们鞠了一躬。

音乐第三次奏响了！场子里静得没有一丝儿声息。有一些女观众，索性用手掌捂住了眼睛……

这真是一场惊心动魄的拼搏！当那叠碗又剧烈地晃动起来时，少年轻轻抖了一下脑袋，终于把碗稳住了。掌声，不约而同地从每个座位上爆发出来，汇成了一片暴风雨般的响声。

在以后的岁月里，不知怎的，我常常会想起这位顶碗少年，想起他那一夜的演出；而且每每想起，总会有一阵微微的激动。这位顶碗少年，当时年龄和我相仿。我想，他现在一定早已是一位成熟的杂技艺术家了。我相信，他是不会在艰难曲折的人生和艺术之路上退却或者颓丧的。他是一个强者。当我迷惘、消沉，觉得前途渺茫的时候，那一叠金边红花白瓷碗坠地时的碎裂声，便会突然在我耳畔响起。

是的，人生是一场搏斗。敢于拼搏的人，才可能是命运的主人。在山重水复的绝境里，再搏一下，也许就能看到柳暗花明；在冰天雪地的严寒中，再搏一下，一定会迎来温暖的春风——这就是那位顶碗少年给我的启迪。

1983年秋

（本文被选入人民教育出版社、语文出版社和上海教育出版社出版的小学语文课本）

在急流中

贝江，从迷蒙的深山中流出来。湍急的流水，在曲折的河道中卷着浪花，打着漩涡，一路鸣响着奔向远方。

轮船顺流而下，江水拍击船舷，溅起一排排水花。我站在船头，以悠闲的心情欣赏周围的风景，江两岸是绿荫蓊郁的青山，山坡上覆盖着翠竹和杉树，还有杜鹃。我想，若是在春天，漫山遍野的杜鹃盛开时，一定会美得惊人。

我向前方望去，只觉得眼帘中一亮。急流汹涌的江面上，远远地出现了一只小筏子，就像一只灵巧的小蜻蜓，落在水里拼命挣扎着逆流而上。划竹筏的好像是一个女人，因为远，看不清她的面容，只见她双手不停地划桨，驾驭着筏子，灵巧地避开浅滩和礁石，在湍急多变的江水中曲折前行。她的身后背着一个红色的包裹，远远看去，像一朵随波漂流的红杜鹃。

很快，小筏子就到了大船的跟前。划竹筏的，竟是一个年轻的少妇，她的神色安详，平静的目光注视着前方。她身后的红包裹，原来是一个襁褓，她是背着自己的孩子在江上赶路。我向她挥手，她朝我微笑了一下，脸上泛起一片红晕，马上又将目光投向江面，双手奋力划桨，继续在急流中探寻安全的通道。我发现，襁褓中的孩子将脑袋靠在母亲的肩膀上，正在酣睡，筏子上的颠簸和江上的惊险，他居然一无所知。

小筏子和大船擦肩而过，我们的相逢只在一个瞬间。在这个瞬间里，我感到惭愧。我，一个游山玩水者，悠闲地站在平稳的大船上欣赏风景；而她，一个背负儿女的母亲，却驾着小小的筏子在急流中搏斗。

回头看，那小筏子很快便消失在远方，只有那簇耀眼的红色，在水烟迷蒙的江面上一闪一闪，像一簇不熄的火苗……

在贝江上见到的这一幕，我很难忘记。急流中那位驾筏少妇安详的神态，坚定的眼神，奋力划桨的动作，还有她那在襁褓中安睡的孩子，这一切，组合成一幅感人的图画，留存在我的记忆中，再也不会消失。在城市人声喧嚣的天地里，有几个人能像她那样勇敢沉着地面对生活的急流呢？

2000年1月11日记于广西柳州，3月17日写于上海

（本文被选入西南师大出版社出版的小学语文课本）

蝈　蝈

窗台上挂起一只拳头大小的竹笼子。一只翠绿色的蝈蝈在笼子里不安地爬动着，两根又细又长的触须不时从竹笼的小圆孔里伸出来，可怜巴巴地摇晃几下，仿佛在呼唤、祈求着什么。

“怪了，它怎么不肯叫呢？买的时候还叫得起劲。真怪了……”一位白发老人凑近蝈蝈笼子看了半天，嘴里在自言自语。

老人的孙子和孙女，两个不满八岁的孩子，也趴在窗台上看新鲜。

“它不肯叫，准是怕生。”小女孩说。

“把它关在笼子里，它生气呢！”

小男孩说着，伸出小手去摘蝈蝈笼子。

“小囡家，别瞎说！”老人把笼子挂到小孙子摘不到的地方，然后又说，“别着急，它一定会叫的！”

整整一天，蝈蝈无声无息，两个孩子也差点把它忘了。

第二天，老人从菜篮里拿出一只鲜红的尖头红辣椒，撕成细丝塞进小竹笼里。“吃了辣椒，它就会叫的。”他很自信。两个孩子又来了兴趣，趴在窗台上看蝈蝈怎样慢慢把一丝丝红辣椒吃进肚子里去。

整个白天，蝈蝈还是没有吱声，只是不再在小笼子里爬上爬下。夜深人静的时候，蝈蝈突然叫起来，那叫声又清脆又响亮，把屋里所有的人都叫醒了。

“听见了吗？它叫了，多好听！”老人很有点得意。

两个孩子睡眼蒙眬，可还是高兴得手舞足蹈，把床板蹬得咚咚直响。

蝈蝈一叫就再也没有停下来，从早到晚，不知疲倦地叫，叫……它不停地用那清脆洪亮的声音向这一家人宣告它的存在，很快，他们就习以为常了。蝈蝈的叫声仿佛成了这个家庭的一部分。

蝈蝈的叫声毕竟太响了一点。在一个闷热得难以入睡的夜晚，屋子里终于发出了怨言。

“烦死了，真拿它没办法！”说话的是孩子的父亲。

“爸爸，蝈蝈为什么不停地叫呢？”

男孩问了一句，可大人们谁也不回答。于是两个孩子自问自答了。

“它大概也热得睡不着，所以叫。”

“不！它是在哭呢！关在笼子里多难受，它在哭呢！”

大人们静静地听着两个孩子的议论，只有白发老人，用只有自己能听见的声音叹息了一声……

早晨醒来时，听不见蝈蝈的叫声了。两个孩子趴在窗台上一看，小笼子还挂在那儿，可里面的蝈蝈不见了。小笼子上有一个整齐的口子，像是用剪刀剪的。

“它咬破了笼子，逃走了。”老人看着窗外，自言自语地说。

1984年8月

（本文被选入湖北教育出版社出版的初中语文课本）

望　月

船舱里突然亮起来，一缕银白色的光芒，从开着的窗口里幽然射入，在小小的舱房里无声无息地飘，飘……

是月亮出来了！入睡以前，天空是黑沉沉的，浩瀚的天幕墨海一般倒悬在头顶，没有一颗星星。辽阔的长江从漆黑的远天中奔泻下来，只听见江水浑厚沉重的叹息声。

我搬一把椅子，悄悄走到甲板上坐下来。夜深人静，甲板上没有第二个人，只有我的影子，长长的黑黝黝地拖在我身后的舱壁上。

月亮是出来了。不知在什么时候，它挣脱了云层的封锁，粲然跃现在天幕中，骄傲而又安详地吐洒着它的清辉。这是一个残缺的月亮——就像开在天上的一扇又圆又亮的窗户，窗户的右上角被一方黑色的窗帘遮着，又像是一个寒光闪烁的冰球，球体的一部分已经开始融化……

月亮改变了夜天的形象。云层在它的周围逐渐溃散着、消失着，不可思议地融化在它清澈晶莹的光芒中，只留下一层透明无形的轻绡，若有若无地在它面前飘来飘去，形成一圈虹彩似的光晕。星星们一颗一颗跳出来了。漆黑的夜天变成了深蓝色，那是一片孕育着珠贝珍宝的神奇的海……

月光洒落在长江里，江面被照亮了，流动的江水中，有千点万点晶莹闪烁的光斑在跳动。很多不规则的波纹，在水面起伏变幻着，仿佛是无数神秘的符号。江两岸，芦荡、树林和山峰的黑色剪影，在江天交界处隐隐约约地伸展起伏着，月光为它们镀上了一层银子的花边……

偶然回头时，竟发现身边多了一个人。这是跟随我出来旅行的小外甥，刚才明明还睡得很香，此刻居然已经搬着一把椅子坐到了甲板上。

“是月亮把我叫醒了。”小外甥调皮地朝我眨了眨眼睛，又仰起头凝望着天上的月亮出神了。不知道他在想什么。小外甥是五年级的小学生，聪明好学，爱幻想，和他交谈是一件很愉快的事情，他常常用许多问题逼得我走投无路。

“我们来背诗好吗？写月亮的，我一首你一首。”小外甥向我挑战了。写月亮的诗多如繁星，他眼睛一眨就是一首。

他背：“床前明月光，疑是地上霜……”

我回他：“明月几时有，把酒问青天……”

他背：“月上柳梢头，人约黄昏后……”

我回他："海上生明月，天涯共此时……"

他背："……天阶夜色凉如水，坐看牵牛织女星……"

我回他："……嫦娥应悔偷灵药，碧海青天夜夜心。"

……

诗，和月亮一起，沐浴着我们，笼罩着我们，使我们沉醉在清幽旷远的气氛中。小外甥在自己小小的诗歌库藏中搜索着，不知是山穷水尽了，还是背得有些腻烦了，他突然中止了挑战，冒出一个问题来：

"你说，月亮像什么？"

他瞪大眼睛等我的回答，两个乌黑的瞳仁里，各有一个亮晶晶的小月亮闪闪发光。

"你呢？你觉得月亮像什么？"

"像眼睛，独眼龙，老天爷的一只眼睛。"小外甥几乎不假思索地回答。

他的比喻使我愣了一愣。于是我又问："你说说，这是一只什么样的眼睛？"

小外甥想了一会儿，说："这是一只孤独的眼睛，它用冷淡的眼光凝视着大地。别看它冷淡得很，其实很喜欢看我们的大地，所以每一次闭上了，又忍不住偷偷睁开，每个月都要圆圆地睁大一次……"他绘声绘色地说着，仿佛在讲一个现成的童话故事。

而我，却交了一次白卷。因为我觉得自己的想象力远不如

石　禅 | 绘画

小外甥。

“你听过贝多芬的《月光曲》吗？”小外甥的思路像月光一样飘飞着，他又想到了音乐，“我们的语文课本里，有一篇文章就是讲《月光曲》的，我能背下来，你要不要听？”

他大声背起来，清脆的声音在月光下回荡，那么清晰：

“……一阵风把蜡烛吹灭了，月光照进窗子来，茅屋里的一切都像披上了一层银纱。贝多芬望了望站在身边的穷兄弟姐妹，借着清幽的月光按起琴键来。

“皮鞋匠静静地听着，他好像面对着大海，月亮正从水天相接的地方升起来。海面上霎时间洒遍了银光。月亮越升越高，穿过一缕缕轻纱似的微云。忽然，海面上刮起了大风，卷起了巨浪，一个个被月光照得雪亮的浪花向着岸边涌来。皮鞋匠看了看他妹妹，月光正照在她那张恬静的脸上，照亮了她从来没有看到过的景象——在月光照耀下波涛汹涌的大海……”

在小外甥的朗诵里，我的耳边分明响起了琴声，琴声如月光，琴声如月下流水……这是一个发生在月光中的动人的故事，伟大的贝多芬在这个故事里写出了不朽的《月光曲》，他把月光化成了美丽的琴声。从此，在那些没有月亮的黑夜里，他的琴声宁静而又忧伤地向人们描绘着莹洁清澈的月光，这月光永远不会消失。

天边那些淡淡的云絮在不知不觉中聚齐起来，变得密集、沉重，一会儿，月光就被云层封锁了。天空又突然幽黑深涩起来，只有离月亮很远的地方还闪烁着几颗星星。

“月亮困了，睁不开眼睛了。”小外甥打了个呵欠，摇摇晃晃走回舱里去了。

甲板上又只留下我一个人。我久久凝视月亮消失的地方，那里有一片隐隐约约的亮光。是的，这亮光是蕴涵无穷的，这是诗和音乐的泉眼，它使我焕发了童心，轻轻地展开了幻想的翅膀……

1985年秋

（本文被选入江苏教育出版社出版的小学语文课本）

鹰之死

天是深蓝色的。坐飞机飞越太平洋时俯瞰地面，大海就是这种深蓝色，这无边无际的蓝色深沉得令人心头发颤发眩，想不出用什么词汇来形容它描绘它。只是由此联想到世界的浩瀚，想到宇宙的无穷，想到无穷之中包藏着不可思议的内涵。也由此联想到人和生命的渺小，在这广漠辽远的天地之间，生命不过是轻的微尘……

微尘，芝麻大的一个黑点，出现在深蓝色的天空中，乍看似乎凝滞不动，仿佛钉在天幕中的一枚小钉。仔细观察，才发现黑点在动，像是滑行在茫茫大洋中的一叶小舟。

“鹰。”

墨西哥向导久久凝视着天上的黑点，轻轻地告诉我，那对栗色的眼睛里，闪动着虔敬神往的光芒。

“鹰。”

墨西哥向导追踪着天上的黑点，嘴里又一次发出低声的呼唤。

这是在墨西哥南方的尤卡坦平原上，我们的汽车在墨绿色的丛林中穿行，高飞在天的孤鹰把我的目光拽离地面拉向天空。鹰，是墨西哥的国鸟，在那面绿白相间的墨西哥国旗中央，就有雄鹰展翅的图案，这是墨西哥人心目中的神鸟、吉祥鸟，它是勇敢和自由的象征。

鹰的形象逐渐清晰起来，宽大的翅膀张开着，也不见振动，只是稳稳地滑翔，忽而俯冲，忽而上升，矫健的身影沉着而又潇洒地描绘在深蓝色的天空中，那深邃无垠的苍穹便是它自由自在的王国。它是遥远的，也是孤傲的，人无法接近它。

这时，我们的汽车驶进了一片墓地。浓密的树荫遮蔽了天空，鹰消失了。迎面而来的是玛雅人的坟墓。坟墓形形色色，色彩缤纷得叫人眼花缭乱。形状各异的墓碑和棺椁上绘满了鲜艳的花纹和图案，有些坟墓索性被堆砌成宫殿和摩天大楼的模型。连大楼上的窗户、壁饰和霓虹广告也被精心描了出来。远远看去，这墓地就像是一座被缩小了的现代化都市。在人迹稀少的丛林中突然出现这样一座缤纷却又寂然无声的微型都市，感觉是奇妙的，一种神秘的气氛顿时笼罩了我的思绪。玛雅人，这个古老奇特的民族，竟用了这么多的颜色来装点死者的坟墓，我不知道这是一种古老传统的延续，还是现代玛雅人的创造。死者是没有知觉的，一切坟墓以及它们的色彩和装饰都是出于未亡人的需要，为了向人们显示死者家族的高贵和富裕，为了让人们记住死者生

前的功德和地位，等等。反正，安卧在坟墓中静静腐烂的死者是什么也不会知道的，不管你是显赫的要人还是卑微的贫民，一抔黄土掩面，余下的事情便是被泥土同化，人人难逃此劫。我想，假如死者有知觉的话，压在他身上的碑石还是轻一些简朴一些为好……

正胡思乱想着，汽车又来到了宽阔的公路上，天空依然是那么深邃那么蓝，几缕纹状白云在天边飘浮，如同远远而来的几线潮峰。鹰还在天上盘旋，它不慌不忙地飞，悠然沉稳地飞，看不出它飞行的轨迹。这高飞的孤鹰，似乎正在执着地寻找着什么，追求着什么。它的归宿在哪里呢？

鹰的归宿当然也是死！

鹰是如何死去的呢？

鹰也有坟墓吗？

也许是刚从墓地出来的缘故，闪现在我脑海中的问题，居然都是死和坟墓。鹰啊，你高高地飞在天上，你是不会回答我的。

记起在四川坐船经过雄奇的瞿塘峡的时候，一位在山中长大的诗人曾指着峻峭的绝壁告诉我："最悲壮的是鹰的死。当一只老鹰知道自己死期将近时，便悄悄飞到绝壁上，在一个永远也不会被人发现的岩洞中躲起来，默默地死去。人们无法找到鹰的尸骨。这渴望自由的生命，即便死了，也不愿意被牢笼囚禁。假如灵魂不灭的话，坟墓也真可以算是另一种牢笼呢！"

也记起在新疆的大戈壁滩上旅行的时候，一位塔吉克猎人为我吹奏的鹰笛。这是用鹰翅骨制成的短笛，那高亢、尖厉、急促的笛音仿佛来自天外云中，来自极其遥远的另外一个世界。无论是欢快激越的曲子，还是徐缓抒情的曲子，笛音中总是流溢出深深的凄怨，流溢出言语难以解释的哀伤。塔吉克猎人说："鹰是神鸟，它是属于天空的。鹰死在什么地方，人的眼睛永远看不见。"我问："那么，你手中的鹰笛是怎么来的？"猎人一笑，答道："用枪打的。这可不是猎杀鹰啊！取鹰骨制笛是为了把鹰的精神和形象留在人间。猎鹰是一件极严肃的事情，只有那些衰老的或者病危的鹰才能被打下来取鹰骨，而且必须经过有权威的老猎人鉴定。随意猎杀鹰，天理不容！"至于鹰的自然死亡是如何景状，猎人一无所知，只能在高亢凄厉的鹰笛声中由自己想象了，鹰笛的旋律飘忽不定。鹰的形象就在这飘忽不定的旋律中时隐时现。这是一只生命垂危的老鹰，正展开羽毛不全的黑色翅膀，顽强地做着最后的翱翔。它苦苦地寻找着自己的归宿，然而归宿隐匿在冥冥之中……

最惊心动魄的，是一位来自西藏的作家的叙述。这位作家有一个当天葬师的年轻藏族朋友，他曾多次上天葬台看天葬，看天葬师肢解尸体，将尸体捣碎用酥油糌粑搅拌后喂鹰群。那一群专食尸肉的鹰，因为不必费工夫觅食，再不飞离山巅，只是在天葬台附近懒洋洋地徘徊，只要天葬师背着尸体上山，它们便可以饱餐一顿。久而久之，这些鹰的形状发生了变化，它们身上的羽毛脱落了，肥胖的身躯犹如蹒跚的绵羊，一对翅膀再无法托起沉重的身体飞入高空，它们变成了一群不会飞的鹰。只有那锋利的钩嘴、炯炯的亮眼和粗壮有力的脚爪，仍能表现它们是强悍凶猛的鹰类。在藏族人心目中，这是天上的神鹰，它们是神圣不可侵犯的，死者的灵魂能否升天，就由它们来决定了，尸体食尽，死者灵魂便安然升天，尸体倘一次吃不完，死者灵魂便永远被关在天堂门外了。谁也没有发现过这些神鹰的尸体。这些鹰，难道长生不死？年轻的天葬师产生了难以抑制的好奇心，他开始悄悄地观察那群老在他身边踱来踱去等待食物的鹰。终于发现秘密了——一只老鹰垂死了，它离开了群鹰，独自在一块岩石上兀立着，不吃也不动。当它的伙伴们围着天葬台争食尸肉时，它毫不动心，一对乌黑的眼珠呆呆地凝视着天空。一天又一天，一个星期又一个星期，它从不移动位置，它的伙伴们也绝不来打扰它。天葬师惊奇地发现，这不吃不动的老鹰明显地消瘦下来，逐渐恢复到了一般秃鹫的体态。奇怪的是，它的精神却毫不萎靡，两只眼睛愈发炯炯生光地盯着天空。有一天黄昏，在一次天葬结束之后，奇迹终于发生了。这只“打坐”多日的老鹰突然展开宽大的翅膀有力地拍动了几下，随后便稳稳蹿入空中。它围绕着天葬台盘旋几圈，接着就箭一般向高空飞去。天葬师抬头凝视着越飞越高的老鹰，只见它小成了一颗黑豆，小成了一粒芝麻，小成了一点若有若无的尘埃，最后消失融化在茫茫苍苍的蓝天之中。天葬师情不自禁地喃喃自语道：“哦，神鹰，神鹰……”他眼里噙着泪花，心中充满了由衷的敬畏。这时，天葬台周围那一群刚刚饱餐过一顿尸肉的鹰也像天葬师一样，昂头呆望着苍天。天葬师深信不疑：此刻，有两个灵魂正在同时升天……

在墨西哥深蓝色的天空下，这些关于鹰的见闻和回忆在我的脑海里回旋着、翻腾着，它们无法编织成一幅清晰完整的图画。这些流传在中国的关于鹰的传说，和墨西哥有什么关系呢？从车窗仰望天空，那只孤独的鹰仍在悠然翔舞，仍在寻求着谁也无法探知的目标。鹰没有国界，它们大概是性情相通的吧，我想。关于鹰的死，在墨西哥不知是否有什么传说。那位墨西哥向导始终在注视着天上的鹰，陷入沉思之中。

“你们这里有没有鹰的墓地？”问题出口后，我有些懊悔了，这会不会冒犯主人呢？

墨西哥向导转过头来，栗色的眼睛里闪烁着惊讶。他盯住我看了一会儿，目光由惊讶而平静。还好，没有恼怒的意思。

“鹰怎么有墓地呢？”墨西哥向导指了指天空，用一种神秘而又骄傲的口吻说，“它们的归宿在天上。假如生命结束，它们将在高高的空中化成尘埃，化成空气，连一根羽毛也不会留在地面！”

这下轮到我惊讶了。这和我在国内听到的传说简直是惊人的巧合。没有国界的鹰啊！

也许，人是习惯于为自己构筑藩篱和牢笼的，对活人是如此，对死者也一样。人类的历史，便是在拆除旧藩篱旧牢笼的同时，不断构筑新藩篱新牢笼，这大概是人类作为高等生物区别于其他生物的原因之一吧。鹰呢，鹰就不一样了。我又想起了长江三峡中听到那位诗人对鹰的评论："这渴望自由的生命，即便死了，也不愿意被牢笼囚禁！"

抬头看车窗外的天空，那只孤鹰已经不知去向。只有渺无际涯的深深的蓝天，在我的头顶沉默着，不动声色地叙述着世界的浩瀚和宇宙的无穷……

1985年11月记于墨西哥南方

1986年9月3日写于上海

瞬间的迷惑

一生中总有迷路的时候。有些人在迷途上极其冷静，他们智慧和毅力的每一根神经都会变成眼睛，专注地在纷乱和幽暗中找寻出路，他们的迷途是短暂的。有些人在迷途上慌作一团，虽然脚不停步，却盲目地乱转一气，最后稀里糊涂走入歧途，谁也不能预料他们会走向何方。

我这个人辨别方位的能力很差，所以常常迷失方向。在大都市中，我并不惧怕迷路，因为到处都是人，可以发问。就是在乡间问题也不大，总有热心的乡里人走过来指点。有时我会生出这样的念头：假如是在荒无人烟的野外或者沙漠上，情况会怎么样呢？

几年前的秋天，去过一次新疆。坐着军用小吉普飞驰在千里大戈壁中，那种新鲜感是极其短促的。因为车窗外的风景永远不会有什么变化。寸草不生的青褐色的旷野，大大小小形态奇异

石　禅 | 绘画

的砾石，还有被烈日烤出的蒸腾热气，使遥远的地平线变得起伏不定、朦朦胧胧，仿佛这寂寞而又枯燥的旅途永远也没有尽头……

吉普车突然停下来，周围是渺无边际的戈壁滩。车停在这里干什么？司机是一位年轻的军人，嘴唇上长着柔软的胡须。他急匆匆跳下车去，神色有些紧张。

“是不是车坏了？”我急忙问。

司机不作声，抿紧了嘴打开车盖察看一阵，然后才答道：“车出故障了。”

我心里一紧，在这里抛锚，可不美妙！前无人家后无客栈，茫茫苍穹底下只有无边无际的戈壁滩和我们这辆瘫痪了的小吉普……

“问题不大，我能修好。”小司机莞尔一笑，给了我一颗定心丸。说罢，埋头修他的车了。

在车上坐着没意思，我便下车在戈壁滩上溜达起来。在光秃秃的戈壁滩上溜达也没有意思，我便选了一块光滑的卵石，背对着吉普车坐下来，无聊地打量着周围那遍地横陈的大大小小的、被诗人想象为“龙蛋”的卵石。这些卵石究竟怎么会出现在戈壁滩上，实在是一件不可思议的事情。我的目光落定在一块奇怪的卵石上，这卵石形状极像一只圆睁着的眼睛，中间一个黑黝黝的凹陷，正是深不可测的瞳仁。这大眼睛有些可怕，那神秘而又愤怒的目光直直地瞪着我，瞪得我心颤。这大眼睛在荒凉的戈壁滩上瞪了多少万年？曾经有多少旅人发现过它那神秘而又愤怒的目光？曾经有多少不为世人所知的故事在它的瞪视下发生……我想着想着，因为旅途劳累，便渐渐迷迷糊糊、昏昏欲睡起来……突然背后轻轻地飘来一阵发动汽车引擎的声音。回头一看，不禁大吃一惊——停在身后的那辆小吉普，竟然已无影无踪！通向天际的道路已与茫茫苍苍的青褐色大戈壁融成一体，任我怎么搜寻，也看不见小吉普的影子。

我霍地从卵石上站起，放开嗓门儿喊了一声，顿时，空旷寂寞的大戈壁上响彻凄楚悠长的回声："回来！回来！回——来——"这回声从四面八方传过来，在我的身畔旋转起伏，像无数透明无形的绷带，一层一层把我包裹……无形的绷带顷刻便化成了恐惧，结结实实地笼罩了我，使我猛然意识到自己危险的处境。

这浩瀚无涯的大戈壁中，现在只剩下我一个人了！靠两条腿，要想走出这千里荒漠简直是梦想，而且我根本辨不清南北东西；不知道该向何处走。我马上想到了夜幕降临后的情景，狂风咆哮，在伸手不见五指的黑暗中隐匿着的，是蛇的绿眼、狼的血口、鹰的铁爪……

回头看，那块眼睛似的大卵石依然在。它看起来似乎更像一只眼睛，但它的目光却有变化，掺杂在神秘中的愤怒不见了，取而代之的是嘲讽，是幸灾乐祸的冷笑。

接下来，发生了令我毛骨悚然的事情——那石头眼睛突然眨了一下，黑黝黝的瞳仁变成一道下垂的缝，复又睁开，冷笑的目光中嘲讽的意味变得更浓。我不敢相信这是真的，双手用力揉揉自己的眼睛，再一动不动盯着那只石头眼睛。仿佛是为了证明并非我的错觉，那石头眼睛又狠狠地眨了三下，然后用一种冷漠的目光凝视我。

我感到浑身的毛发一根根都竖了起来。此刻别无选择，赶紧走，逃离那石头眼睛的视线！

走！然而举步维艰，双脚是那么沉重……走！坚硬的戈壁滩竟变得像沼泽一样，一步一陷。我想寻找公路，那条近在咫尺的公路却已不知去向！我跌跌撞撞地走着，像一个无法控制自己的醉汉。我简直不敢回头看那只紧盯住我的石头眼睛，我的背脊上能感觉到它那冰凉冰凉的注视。

突然，我被脚下的一块小卵石绊了一下，重重跌倒在地。抬头看时，不禁倒抽一口凉气——那只石头大眼睛，正横在我的面前，并冷冷地逼视着我！我下意识地从地上捡起一块小卵石，准备朝那大眼睛砸过去，握石的手中一阵灼热，转眼看手中之石，又倒抽一口凉气——手中的那块小卵石，竟也是一只圆睁着的眼睛！我急忙扔掉手中的卵石，那卵石却并不着地，在我眼前划出一道弧线，然后绕着我的头顶飘飘悠悠飞起来。这哪里是什么卵石，分明是一只活灵活现的眼睛，恶作剧地在空中一眨一眨瞟着我。再看周围，天哪！横陈在地上的所有卵石，都变成了大大小小的眼睛，用各种各样不同的表情直愣愣地瞪着我。我被一群可怕的眼睛包围了！现在，任我怎么拔腿飞跑，也跑不出这些眼睛的围观和追踪了。这些石头的眼睛，这些千百年来倒毙在大戈壁中的迷路者的眼睛，这些迷惘的惊奇的悲哀的凶险的幸灾乐祸的眼睛啊……

我失魂落魄地颓坐到地上，绝望地闭紧了眼睛，再不想也不敢看周围的一切。这时，耳畔突然爆响出一阵雷鸣般的声音，我睁开眼睛，强烈的阳光刺痛了我的瞳仁。那声音仍然不停地在响——哦，是汽车引擎的轰鸣！

身后有人轻轻地拍了拍我的肩膀：

"汽车修好了，请上车吧！"

我猛地回头，只见那位年轻的军人微笑着站在我的身后，几颗亮晶晶的汗珠在他柔软的胡须上闪动。那辆小吉普停在老地方一动未动。

原来是做梦！刚才可怖的一幕，全是梦境！

"刚才，你睡着了三分钟。"年轻的军人指指手表。他那镇静的乐呵呵的声音，一下子把我的恐惧和迷惑驱逐得干干净净。

吉普车启动了，走远了，那石头的目光还在我眼前闪动。

孔雀翎

三支长长的孔雀翎，插在那只白瓷大肚花瓶里。孔雀翎真像是极精致的工艺品，细而柔软的羽毛整齐潇洒地沿着翎骨向两边分开，说不清这些羽毛是什么颜色，绿不像绿，黄不像黄，阳光一照，还有金色闪出来。翎骨越往上越细，沿翎骨向上互生的羽毛却依然细密柔长。到翎骨顶端，两边的羽毛便汇合成一个椭圆。椭圆内的色彩极为绮丽：中间是一个墨蓝的圆点，圆点周围绕一圈耀眼的褐绿，这就是被人们称作“孔雀蓝”的那种颜色。再向外是淡淡的褐绿，椭圆的四周是一圈极不显眼的金黄色细边，仿佛用小狼毫蘸着色彩精心勾出。这色彩绮丽的椭圆很像一只大睁着的眼睛，神秘的目光人世间罕见。三支孔雀翎上，便有三只大睁着的眼睛一刻不停地盯着我。

孔雀翎之所以被世人以为美，大概主要就是因为这个色彩绮丽的椭圆。可是当这椭圆在我的目光里成为眼睛时，有一种异样的感觉不知不觉笼罩了我。这眼睛，绝不是孔雀的眼睛，也不是人的眼睛，是什么的眼睛，我说不清楚。这眼睛里流露出的目光，是惊诧，是平静，是欢乐，是悲哀，我也说不清楚。你想，屋里老有那么三只不知为何物的大眼睛用神秘的目光盯着你，你会感觉如何？我有时被它们看得心里发毛，于是便将目光转向别处，这时，眼前就闪出了一双小小的、狡黠的人眼睛……

这是一个乡下来的中年女人，她站在一条僻静的马路边上，小小的眼睛骨碌骨碌转着，追随来往的行人。人人都忍不住要看她一眼，因为她手里捧着一大把漂亮的孔雀翎。城市里难得见到这些珍贵的羽毛。行人们把她围住了，有人开始和她讨价还价。有一个中学生模样的少年，不停地向她提问，他们的对话引起了我的兴趣：

“这是真正的孔雀毛？”

“那还有骗人的？货真价实的孔雀毛！”

“是从活的孔雀身上拔下来的？”

“当然。”

“你们把孔雀毛都拔光了，孔雀还能活吗？”

“……”

卖孔雀毛的女人被少年问住了。不过她只狼狈了一两秒钟，马上镇静下来，乌黑的小眼珠一转，就理直气壮地又有了下文：

“不会死，怎么会死！孔雀每年要褪毛，这些翎毛全是自己落下来的。”

少年愣了一愣，他从女人手里抽出一支孔雀翎，仔仔细细观察了半天，表情极其严肃。显然，他并不相信女人的回答。

“哦，可怜的孔雀，拔光了毛，还算什么孔雀！”

人们忙着挑孔雀翎，忙着付钱，谁也不再理会少年的自言自语。中年女人斜了少年几眼，用鼻子哼了一声，脸上露出不屑一顾的微笑，俨然是胜利者的表情。

少年空着手默默地走了。

我犹豫了一下，还是从那一大扎孔雀翎中挑了三根。我没有少年想得那么多。孔雀翎在风中飘摇的姿态和那些神奇的色彩迷住了我。

谁想到从此以后会有三只奇怪的大眼睛时时盯住我呢！在那些含义不明的凝视中，我想起了那个女人，想起了那个少年，想起了他们的对话，从而也幻想出很多揪心的画面：

翩翩作舞的孔雀们突然落进猎人的网罗……

一双双青筋毕露的手飞快地拔着孔雀翎，被缚的孔雀绝望地挣扎，被掠夺了羽毛的毛孔里淌着鲜血……

光秃秃的孔雀在寒风中颤抖……

“拔光了毛，还算什么孔雀！”少年的声音不时在我耳畔回响。

可怜的孔雀！这些漂亮的羽翎，本是雄性的象征，它们曾被用来向异性求爱，向异类示威，雄孔雀们的所有快乐、尊严和骄傲，都凝结在这些羽翎中。拔去羽翎，对孔雀们是何等的残酷……

尽管被三只大眼睛盯着难受，我却始终没有将孔雀翎从大肚白瓷瓶中抽出。我想，那些以获取孔雀翎为生的人之所以兴致勃勃不辞辛劳，是因为他们知道城市里有很多追求风雅的人士会欢迎这些羽毛，鄙人便是其中之一。想到这里，自己似乎也成了同谋。

也许可以把这三只眼睛看成夸张了的孔雀的眼睛，那神秘的目光里流出的是愤怒还是嘲讽，我无法说清楚。

1987年

同 情

人类的同情心是一种高尚、温暖而又容易受到挫折的感情。

前些年去美国，在旧金山的唐人街，看见一个乞丐。他坐在地上拉一把二胡，拉的曲子是《二泉映月》。如果拉得蹩脚一点，我可能不怎么会在意，可是他却拉得非常出色，水平不比那些专业演奏员低。他的手指在弦上柔韧地颤抖着，弓在两根弦之间来来回回运行，优美凄凉的曲子如同泉水一般从弓弦间流出来，听了使人心酸。心酸的原因，不仅是因为那曲子忧伤的情调。这样一位有造诣的二胡演奏家，在这里竟沦落为街头卖艺的行乞者，怎不叫人心酸！当我将一张钞票无声地放到他的盘子里时，心和他的琴弦一起在颤抖。

在美国看到乞丐，当时的感想是，这世界上有人群的地方大概都会有乞丐。至少现在还没有人能改变这样的事实。有人在一夜间暴发为富翁，也有人在一个晴朗的早晨悄悄沦为乞丐。前些年曾有作家混入乞丐帮中采访，写出中国乞丐圈中的许多内幕，很是轰动了一阵。据说那些当乞丐的人并不都是因为贫穷或者难谋生计，有些人喜欢做乞丐，因为他们觉得行乞比干活流汗来得轻松。只要人心中还存在着对贫穷的无助者的同情，乞丐便有生路。当然，有很多人宁肯饿死也不会做乞丐。做乞丐，必须埋葬高贵的自尊，不是人人都愿意付出这代价的。

对行乞者来说，重要的是如何博取人们的同情。坐在街头拉琴，也许是最文雅的行乞方式。严格地说，这可以看作是一种卖艺，而不是行乞，用美妙的琴声换取听众的报酬，和在剧院里开音乐会没有本质上的差别。不少行乞者在大庭广众之下展示褴褛的衣衫和瘦弱伤残的身体，有的甚至长跪于地，不停地向过路人磕头，以求施舍。这种情形看了使人难受，然而对行乞者来说，这样做似乎无可非议，展示贫穷和凄惨，正是为了换取同情，然后盘里才会奏出钱币的音乐。路人掏钱施舍后或许也能得到一种心理上的满足——谁不愿意被人看作是乐施行善的好人？

然而我说同情心也是一种容易受挫折的感情，即使面对乞丐，也是如此。

有一次，我从外面回家，在路上被一位五十岁左右的妇人拦住了，此人衣着朴素，头上戴着一朵小白花。

“这位先生，你能不能帮助我一下？”她用一种焦急而又恳切的口气发问，使我不得不耐心地听她往下讲，而且我也很好奇，这样一位看起来有些修养的妇女，拦住一个陌生人想干什么？

石　禅 | 绘画

“我陪男人来上海看病，男人前天在医院里去世了。”她的眼圈有些红，话也说得不连贯起来，“我要回家，可是身边的钱已不够买火车票，还缺三元四角。你能不能借我三元四角？我回去后一定寄还给你！”

我从钱包里掏出五元钱给她，没有说一句话就走了，只听到她在背后连声道谢。我想，对这样一位不幸的妇女，帮助她是人之常情。回到家里，和妻子讲起这件事，妻子叫起来：“这个女人，我刚才也碰到的，我给过她三元四角！原来是个骗子！”

这件事使我难过了半天。我不是后悔给了那女人钱，而是为她难过。为了要钱，竟会编出丧夫的谎言来骗取人们的同情，实在可悲。也许她的丈夫早已去世，也许她根本就没有丈夫，也许她的丈夫还活着，如果她的丈夫还活着，不知会作何感想？我想，要是这一类骗术泛滥开来，人们一定会越来越吝啬自己的同情心。那时，遭难的是那些真正值得同情和需要帮助的人。

我实在不敢想象，假如人类都没有了同情心，我们这个世界将会是何等模样。

溃散的黑暗

我的眼前闪动着一双乌黑的眼睛。在这双眼睛里，世界是一片无穷无尽的黑暗，然而它们执着地亮着，寻觅着旁人无法体会的光明。

大约是十年前，一次在路上遇见电台文艺部的女记者吴斐，她告诉我，上海盲童学校有一个盲姑娘，叫杜琼，喜欢文学，喜欢朗诵散文和诗歌，很希望得到我的书。这样的要求是不能拒绝的。我把刚出版不久的散文诗集《人生遐思》寄给吴斐，请她把书转交给杜琼。寄走书的时候，我心里在纳闷：一个双目失明的孩子，怎么读书？

不久，就收到了杜琼写给我的一封信。信很厚，是盲文，用针在厚厚的纸上刺出来，必须用手指来读，我当然读不懂。不过，信中附了她父亲的译文。她在信中表达了收到我的书之后的喜悦，并谈了她的读后感。她告诉我："我朗诵了你书中的很多作品，以后我把录音带送给你。”这是我收到的第一封盲文来信。

她真的给我送来了录音带。那天，她由她的父亲陪着来到我家。如果事先不知道，我真看不出她是个盲人。她有一双乌黑的眼睛，它们很神气地大睁着，仿佛世上所有的光明都在她的视野里。她微笑着，用清脆悦耳的声音大声说话，我的客厅里回荡着她的笑声。她告诉我，她把我的文章读给她的同学们听，同学们也都喜欢，盲童学校的老师鼓励她，把这本书翻译成盲文出版，她准备做这件事。她这么说，我报之一笑。我问她，将来毕业了，准备做什么。她想了想，答道：“我很想到广播电台做一个播音员。我看不见，但我能说，我可以把心里想的都告诉别人。我想搞盲人教育，譬如，教盲人学会用电脑，使他们能像明眼人一样面对生活。”她的这些想法使我惊讶。当时，电脑对大多数明眼人来说还是一个神秘莫测的东西，她竟然已经异想天开了。我想，这是她的美好愿望，有愿望，总是好事情。对一个盲人来说，最可怕的，大概就是对生活失去信心。而我眼前的这个盲姑娘，对一切都充满了兴趣。这些兴趣，能不能将她引向理想的光明境地呢？

我听了杜琼朗诵的录音。她的声音柔和甜美，热情洋溢，对散文和诗的意境有独特的感悟，这声音里有一个中学生的天真烂漫，也有一个生活在黑暗中的人对光明的向往和憧憬，而这样的感觉，绝非一般的孩子所能表达。她的朗诵使我感动。

过了半年，杜琼打电话告诉我，我的《人生遐思》已经由盲文出版社出版。这消息使我感到意外，也使我不得不对杜琼刮目相看。不久，我收到了杜琼寄来的书。这是用一本牛皮纸装订成的书，又大又厚，没有任何色彩，除了封面上几个黑字，其余全是用针刺出来的盲文。在我出版的很多书中，这是最厚重的一本，却也是唯一一本我自己无法读懂的书。在书的扉页上，杜琼用针刺了这样一行字："愿您有更多的作品滋润盲孩子的心田。"我把这本书放在我的书架上，看到它就想起她热情洋溢的声音，想起她那双乌黑明亮的眼睛，想起一个盲孩子对我的期望。

有时候，我很自然地会想象她所处的那个黑暗世界。在那个只有声音没有光亮和色彩的世界里，一个盲姑娘如何生活，如何思想？有一次，我问一个生性活泼、无忧无虑的小姑娘，她的年龄和杜琼相仿，和杜琼一样，她也有一双乌黑的大眼睛，不同的是，她的眼睛能从容地观赏世间的一切，她的视野里一片光明。我问她："假如，你的眼睛什么也看不见了，你会怎么样？"她几乎是不假思索地答道："那活着还有什么意思？我宁可死！"她的回答，使我心头一震。我想，杜琼就天天生活在我想象的黑暗世界中，而她活得如此充实。生活和命运，把人和人塑造得那么不同。

杜琼初中毕业了。她比同龄的孩子更早面临着选择职业，选择谋生手段这样的难题。在这样的难题面前，浪漫的幻想只能让位给严峻的现实。"我看不见，只能靠手生活。"杜琼在电话里告诉我，含笑的话语中流露出无奈。她考进了一个医疗推拿班，她要用一双灵巧的手，驱除病人的伤痛。她常常打电话给我，告诉我她的学业在进展，有时候还忍不住把老师和病人对她的赞扬告诉我。我为她高兴。我想，她不仅能做一个自食其力的人，也能做一个有益于社会的人。对一个盲人来说，这并不是一个很低的目标。不过我知道，在杜琼的心里，她那些理想并未泯灭，它们还会像火星一样，在她的心里闪烁，只要有机会，这些火星会燃烧成灿烂的火花……

花了三年时间，杜琼以优异成绩从医疗推拿班毕业了。然而她还想继续上学，还想追求她日思夜想的文学和广播。她想报考北京广播学院，被婉拒，想报考大学的中文系，也被回绝。她还找了广播电台，想去当一个专为残疾人播音的播音员。我也为她去询问了在电台工作的熟人。我想，她应该在这方面创造一个奇迹，让人们一面听着她的声音，一面生出钦佩之情，然后更加珍视生命，更加热爱自己的事业。然而我的想法未免有些天真，在一个以健全的人为主体的社会中，要一个盲人从事这样的工作，有着许多我无法想象的障碍，电台的编辑总不至于为了她把每天要播出的稿件都刺成盲文的。结果无须问的，依然是失望。她处处碰壁，原因无他，只因为她是一个盲人，只因为她无法浏览明眼人一目了然的世界。

在电话里，我想不出用什么话安慰她，倒是她安慰我说："没关系的，我可以自学嘛！"在她轻松的语调中，我感觉到的是辛酸和沉重。

她做了一个使我吃惊的选择。有一次遇见她父亲，她父亲告诉我，她报名进了前进业余英语进修学院。学院开始想拒绝她入学，可她发誓能和其他学生学得一样好。于是她交了学费，买了教材，和一群明眼的年轻人一起坐进了教室。一本厚厚的英语教材，五百多页，她一行字也读不出来。怎么办？她花了几个月时间，请父亲帮她读，她自己动手，用针把所有的内容都刺成了盲文。期中考试，她考了90分，期末考试，她考96分，在班里名列前茅。当她用一口流利的英语和她的同学们对话时，所有人都认为这是奇迹。

四年前的一天，杜琼来电话，告诉我一个令人难以置信的消息：她要去美国留学。她选择的专业是电脑。一个孱弱的中国盲姑娘，如何面对遥远的异域，面对一个更加陌生的世界呢？我无法想象，她将怎样越过横在她面前的种种障碍，这些障碍，就像高山峻岭和大海深壑，需要有坚强的翅膀才能飞越。而且，我怀疑，美国的大学，会不会接纳一个中国的盲人。

美国那所学校专门派一位专家到上海来对杜琼进行了考查，她的能力和知识使那位美国教育家惊奇。她很顺利地通过了对她的所有考核，成了被那所学校录取的第一位来自中国大陆的盲人学生。就这样，一个盲姑娘，打起背包，告别了父母，告别了她生活了很多年却无法看一眼的城市，孤身一人踏上了艰难的异域之路。她在电话里和我告别时，我嘴里说着祝福的话，心里却在为她捏一把汗。从此以后，谁也帮不了她，一切全得靠她自

石 禅丨绘画

己了。

她到美国后的故事，大概可以供小说家写一部激动人心的小说。在陌生的土地上，她大睁着她那双乌黑的眼睛，跌跌撞撞地向前走着，没有人能阻止她寻找理想的脚步。她被人歧视过，被人轻视过，也被人误解过，但是一次又一次，她用自己的行动证明，她是一个有骨气有能力的聪慧的中国人，尽管她什么也看不见。她学会了电脑，完成了学业，做成了很多健全的人也未必能做到的事情。她赢得了所有和她接触过的美国人和来自其他国家的人们的钦佩和尊敬。每次和我通电话，我听到的都是快乐而生机勃勃的声音。有一次，她甚至告诉我，她正在设法设计一种供中国盲人使用的电脑软件。“我希望，有一天，国内的盲人也能和我一样，借助电脑，和明眼人一样读书写作。这一天会有的。”她的语调，和很多年前她朗诵我的诗文时一样，甜美柔和，洋溢着热情，只是增添了很多自信。这时，我丝毫也不怀疑，她的设想，迟早会变成现实。

以常人眼光来看，这位盲姑娘确实是奇迹的创造者。我常常想，她想要向世人证明的，到底是什么？是一个盲人的能力到底有多大？是我们这个以健全的人为主体的世界对残疾人究竟有多少宽容和爱心？还是其他什么？杜琼大概不会想得这么多，她只想证明自己的价值，只想和常人一样，为这个世界增添光亮。对一个双目失明的姑娘来说，这是多么可贵！有些人，生着明亮的眼睛，却仿佛被黑暗包裹着，在窄小的圈子里举步不前。而在这个盲姑娘面前，无边的黑暗却无可奈何地溃散了。杜琼的经历，为人们做了一个榜样：只要努力，这个世界上没有办不到的事情，对健全的人们如此，对残疾人也一样。

蜘　蛛

小小蜘蛛，在人的心目中是一种复杂的生灵。它们的活动，总是在黑暗中，在浑浊中，在尘土飞扬的不洁之地。它们不动声色地吐丝结网，编织着貌似温柔的杀机。对其他昆虫来说，蜘蛛是阴谋家，是猎杀者，是死神的影子。

儿时我曾仔细观察过蜘蛛捕杀猎物的过程。我看到一只美丽的红蜻蜓被树枝间的蛛网缠身，在空中徒然挥舞着晶莹的翅膀，却难以挣脱。而那张罗网的主人，是一只比蜻蜓小许多倍的灰色蜘蛛，它蛰伏在不远处，很冷静地观赏着蜻蜓在它的网中挣扎。我看不见蜘蛛的表情，但可以想象，它扬扬得意，为自己的巨大收获陶醉。它大概也有点紧张和不安，始终和蜻蜓保持着距离，盯紧了蜻蜓的每一下挣扎，唯恐那网被挣破。蜻蜓可以身披着轻盈的蛛网重新飞上天空——而这也正是我所期望的。然而那只美丽的红蜻蜓终于精疲力竭，无奈地躺在蛛网上停止了挣扎，最后成为蜘蛛的美餐。蜘蛛爬到蜻蜓身上饕餮的样子，让人憎恶。

然而蜘蛛在生活中竟有美名，中国人的习俗，把蜘蛛称为“喜蛛”，说是在屋里看到蜘蛛，便可能喜事临门。生活在城市里，家里越来越讲究清洁，连隐蔽的角落里也不能容忍蛛网的存在。然而蜘蛛却还是常常不期而来。在我的书房里，有时会有蜘蛛爬到我的书桌上来，甚至还攀上了电脑的显示屏。这些蜘蛛，和我童年印象中的蜘蛛，形象截然不同。它们有时在墙上或者桌上爬动，有时凭借着一根看不见的细丝从空中飘落，在我的面前晃晃悠悠，仿佛在招呼我。我伸出手去，一只小蜘蛛停在我的手掌中，竟然毫不惊惶，使我能仔细谛视它。它是浅灰色的，颜色淡到近乎透明。我想，如果有一个放大镜，也许能看清它体内的构造。它的肢体是如此精致，头上似有嘴脸耳目，身上似有晶莹的茸毛，八只细细的脚此起彼落，不慌不忙地移动，仿佛舞蹈家优美的步履。看着这样的小生命，你不得不感叹造物主的神奇。我让那蜘蛛移动到我的食指尖上，将它靠近我的眼睛。它仍然不动，仿佛在和我对视。如果它有视觉，不知会对我这样一个巨人的惊奇目光作何感想。它终于发现我的食指不是它的栖息之地，那些细足在我的指尖轻轻一点，它的身体便腾空而起，被那根看不见的细丝拽回空中，在我的注视下飘然而去……

我在书房里一次次看到蜘蛛之后，日子如常，生活依旧，它们好像没有带来过什么喜事。只是，我的手指敲击电脑时，似乎比平时更轻盈一些，我看着我的灵活的手指，联想起蜘蛛那些优美如舞步的细足……

家 鼠

还是在幼年时，大概四五岁吧，有一次跟母亲去黄浦江边的外滩公园。在一个圆形大亭子里，我发现有一只肉色的小动物，在亭子的栏杆上慢慢爬动。它的皮肤光滑，身体近乎透明，样子就像一只袖珍小猪，那么精致，那么滑稽。我捧起那小动物，它也不逃跑，驯顺地趴在我的手心里，闭上了眼睛。我捧着那小动物，兴奋地跑到母亲身边，想让她分享我的收获。母亲见到那小动物，脸上的表情就像是见我手捧着一颗冒烟的手榴弹，她惊悸地大喊一声，重重地拍了一下我的手臂，那只小动物摔落在地。我俯身想去救它，母亲又对准它踩了一脚。小动物死了，嘴角还流着血。母亲说："这是老鼠，脏！以后再不许碰它们！"

这是我第一次看见老鼠。说实话，在童年的眼光中，那实在是一只可爱的小动物。尽管我从那时起知道老鼠不能碰，但母亲粗暴地踩死那刚出生不久的可爱的小老鼠，我还是难过了好几天，甚至对母亲也有了成见。随着年龄的增长，对老鼠的认识日益明确。老鼠，被人称为家鼠。但没有一个人会想豢养老鼠，它们寄居在人家，属于不请自来，是强行地偷偷地进入人类的生活。在生活中，它们和贼，和小偷是同义词，只要哪里有吃的，哪里就有它们的牙痕和爪迹。中国人的词典中，有很多贬损老鼠的词汇：獐头鼠目、鼠目寸光、鼠辈小人、鼠肚鸡肠、抱头鼠窜……更有"过街老鼠人人喊打"这样的俗语。可见人们对老鼠厌恶的程度。城里人的日用品中，凡和老鼠有关的，都是用来捕杀剿灭它们的，鼠夹、鼠笼、鼠胶、鼠药……然而老鼠却是十二生肖中的老大，中国人还要过鼠年，逢到鼠年，还要想方设法讲很多关于老鼠的好话。这是多么滑稽的一件事情。其实，在我的记忆中，老鼠的形象很复杂，绝非一个"坏"字或者"好"字能够概括的。

小时候，听祖母说过，世界上，最聪明精灵的，是老鼠。人们如果议论它们，它们一定会听到。所以祖母说到老鼠，总是用另外一个词代替，祖母叫它们"老鬼三"。就在祖母说这些话后没有几天，我便亲眼看见了老鼠的精灵。那时，我和两个姐姐睡在一个阁楼上，阁楼的天花板上，有一个小洞，常有老鼠出没。我的一个姐姐最怕老鼠，每次看到老鼠都要乱喊乱叫。那天，我们睡在床上，看着天花板上的小洞，便议论起老鼠来。姐姐说，老鼠其实是胆小鬼，没有什么可怕的。我说，

别叫它们的名字，它们会听见，叫它们“老鬼三”吧。姐姐大笑说，你这么迷信，太可笑啦。姐姐话音刚落，天花板上的小洞里突然一亮，一只硕大的老鼠出现在洞口，目光炯炯地盯着姐姐。姐姐惊叫一声，吓得用被子蒙住头，哇哇大哭起来。那老鼠走出来，大模大样地在我们的床边巡视一圈，才不慌不忙地返回它的洞穴中。这件事，几乎使我们彻底相信了祖母的话，在家里谈到老鼠，再也不敢直呼其名，而是跟着祖母叫“老鬼三”。

岁月如流水般过去，生活一直在变化，然而老鼠的形象依然如故。它们仍然是贼，是小偷，是最不受欢迎的动物。我结婚后，曾经在浦东的居民新村住过，那时，家里常闹鼠，每天晚上，厨房里总有老鼠的出没。妻子和姐姐一样，也是天生怕鼠。卧室就在厨房隔壁，只要有老鼠的响动，妻子便心惊胆战，整夜无法入睡。长此以往，简直没有办法过日子了。那时，我的书房和卧室是在同一个房间，深夜，我坐在书桌前写作，竟然看清了老鼠行动的路线。它们是从阳台进入我们的房间，然后沿着墙根，穿过卧室，进入厨房。在厨房里完成了它们的觅食任务之后，它们一定会沿着来路从阳台门出去，每天如此，就是那几只老鼠。这样，我便有了一个剿灭它们的计划。我瞒着妻子，开始行动。深夜，我在书桌前写作，阳台门口有轻微的动静，我看着老鼠们一只一只偷偷地走进来，幽灵一般潜入厨房。我随即跟入厨房，掩上了厨房和卧室之间的门，只留下一条窄窄的门缝，这门缝，就是捕杀它们的机关。我开了灯，坐在门口，手扶着门把手，静静地开始等待。我知道，它们一定会离开厨房，沿固定路线回去。老鼠知道有人进入厨房，躲到冰箱和橱柜背后，不发出一点声音。我和那几只老鼠，都在屏息静气等候。对自己的行动能否成功，我并没有把握。这是人和鼠之间的耐心和智慧的较量。大约半个小时之后，一只老鼠从橱柜底下爬了出来，它露了一下头，又缩回去，经过几次试验，见没什么动静，它大概认为危险已经过去，便走了出来。它就站在我的脚边，抬头看着我，我也看着它，大家都一动不动。在灯光下，我将它看得很清楚，那是一只毛茸茸的灰褐色老鼠，脑袋很大，眼睛很亮，样子并不难看。这是一种非常奇怪的对视，它似乎并不惧怕我。其实，在灯光下，它看不到我，所以无所谓惧怕。我这才领教了“鼠目寸光”是怎么回事。它从我的脚边走过，走到墙边，沿着墙角，向门口走去。走到门口，它又警惕地探视了一会儿，见没动静，才钻进了门缝。就在老鼠的身子进入门缝的同时，我用力将门关上，只听见门缝中“吱呀”一声惨叫，那老鼠便一命呜呼……这一夜，我以相同的方法捕杀了进入厨房的三只老鼠。家里的鼠患从此结束，妻子和朋友们对我的“胜利”很佩服。而我，却并不觉得这是什么美妙的事情。战胜几只小小老鼠，有什么可以夸耀的？而且，我是以如此险恶的方式剥夺了它们的生存权利。如果鼠类有思想和言语，不知该怎样谴责我呢？

老鼠实在是很可怜的动物，它们要和人类共处，却必须在人类的围剿和诅咒中生存。不过有意思的是，人类剿杀了它们那么多年，它们居然还顽强地在人类的眼皮下繁衍着。这大概也是大自然生态平衡的一部分吧。

2005年12月19日写于巴黎

麻　雀

对我来说，没有一种鸟比麻雀更亲近了。它们每天都活泼在我的视野中，有时在窗外的树上扑腾，有时就飞到我的窗台上溜达，这使我有机会近距离看它们。麻雀头大脖子短，褐色羽毛，形象并不美，但很可爱。只要活着，它们似乎没有一分钟停止活动，永远成群结队地在那里蹦蹦跳跳。

幼年时看过人类围剿麻雀的景象。那时，中国人把麻雀列为害鸟，全民共诛之，成千上万人对着天空呐喊，敲锣打鼓，可怜的麻雀在人们的讨伐声中惊惶乱飞，无处歇脚，最后精疲力竭，如中弹般从天空纷纷坠落，有些麻雀就撞死在墙头。我也曾敲打着脸盘参与过围剿麻雀的战争，开始觉得好玩，但目睹麻雀们的死亡过程，幼小的心里充满了同情。还好，闹剧很快结束，麻雀们得到平反，它们在人类的世界中又重获生存的权利。少年时，我有过一次养麻雀的经历。将一只刚孵化出不久的小麻雀，从一

石　禅｜绘画

个小小的粉红色肉球，喂养成一只羽毛丰满的麻雀，这是一个不简单的过程。为了给小麻雀寻找食物，我曾无数次爬到树上摘皮虫。喂食时，小麻雀仰起脑袋大张着黄口，发出急切的呼叫，我这才懂得了什么叫作“嗷嗷待哺”。在麻雀还没有真正学会飞翔时，我和它有过最美妙的相处。我将它扔到天上，它会拍打着翅膀飞回到我的手掌上。现在回想起来，那真是不可思议的景象。然而等它完全掌握了飞行的本领，就再也不甘心被我豢养。一次，我将它扔上天空，它展翅远去，消失在天空中，再也没有回来。那时，我也懂得了，对于这些成群结队在人类周围飞翔活动的小鸟来说，自由比什么都重要。

上小学时，有一次正上课，有两只麻雀飞落到教室的窗台上，发出极其欢快的鸣叫，全班同学都被那兴奋婉转的鸣叫声吸引，从来没有听到麻雀这样叫过。窗台上的景象，也是以前没见过的，只见那两只麻雀拍打着翅膀交缠在一起，一会儿磨着嘴，一会儿互相攀骑，像是在打架，又像是在亲热。给我们上课的是一个年轻的女教师，她也停止了上课，看着窗外那两只麻雀，不知为什么，竟然脸色涨得通红。那两只麻雀把窗台当成了舞台和床，在几十双眼睛的注视下，它们不停地欢叫着舞蹈着，仿佛要没完没了地纠缠下去。最后，是女教师走过来打开窗户，赶走了那两只麻雀。它们飞走后，就停落在旁边的屋顶上，从教室里虽然看不到它们，但它们的欢声依然随风飞扬，飘进每个人的耳朵。这一课老师讲的什么内容，已经没有一丝印象，而那两只麻雀春心荡漾的鸣叫和欢状，却清晰如昨。

前几年，搬了新家，在书房装空调时，外墙留下一个洞，装修结束时，忘了将那洞填补掉。反正那洞和房间并不相通，便没有填没它。没想到，这墙洞居然成了麻雀的家。每天早晚，可以看见它们飞进飞出，在洞口欢呼雀跃，有时还会飞上窗台，俨然成了我的邻居。在书房写作时，窗外麻雀们的啁啾是我耳中美妙的音乐。那时，家里养着一只芙蓉、一只绣眼，笼子就挂在阳台上。每天早晨给鸟喂食时，便有麻雀飞来。芙蓉和绣眼吃食，总会把小米弄到阳台上，这些溅落的小米，就成为麻雀的早餐。来阳台做客的麻雀中，有一只麻雀蹦跳的动作很奇怪，节奏似乎比别的麻雀慢一点，离开时，总是最后一个起飞。仔细观察后才发现，这只麻雀竟然只有一只脚。每天早晨，这只独脚麻雀一定会来，它在阳台上蹒跚觅食，虽然动作有点迟钝，但样子仍然活泼快乐。我不知道，它的独脚是先天残缺，还是事故形成，拖着一只脚飞翔蹦跳觅食，是一件艰难的事情。麻雀的社会里没有残疾组织会照顾它，为了生存，它必须付出比别的麻雀更多的精力。芙蓉和绣眼飞走后，那只独脚麻雀依然每天飞到阳台上来，我在阳台上撒一些小米喂它，看它用一只脚在阳台上来回蹦跳啄食，心里充满了怜悯。独脚麻雀的孤身拜访，持续的日子很短，大约四五天之后，它便消失了踪迹，阳台上的小米再无法吸引它过来。它是找到了更好的觅食地点，所以放弃了我的阳台，还是遭遇灾祸，再也无法飞翔，我永远也无法知道。

还好，书房外阳台上那个墙洞，依然是麻雀们的巢穴，我的耳畔，还是常常能听见麻雀欢快的啁啾。麻雀的鸣叫，已经成为我生活环境的一部分。它们的声音，远比城市里的人喊车啸要美妙得多。

2005年12月于四步斋

天上花，湖里梦

夜晚，没有风，湖水平静得像一面巨大的镜子，映照着没有星月的夜空。湖天之间，近处的树林，远处的楼房，以它们起伏跌宕的曲线勾勒出地平线神秘的轮廓。夜空和湖泊，是两个轴对称的浩瀚空间。

湖畔集聚着数不清的人。人们默默地注视着宁静的湖面，期待着奇迹的出现。音乐响起，仿佛是从湖水里飘旋而出，在空旷的湖水之间回荡。紧随着音乐，湖天交界处突然蹿出一道道暗红色的光点，犹如活泼的蝌蚪，从湖水深处向深邃的夜空腾游，也像犀利的鸣镝，从空中呼啸着飞入湖底。只不过瞬间的工夫，这些蝌蚪和鸣镝便轰然炸裂，变成一朵朵巨大的彩色花朵，在夜空中缓缓绽开。原本幽暗寂静的天和湖，霎时被照得亮如白昼。由晶莹耀眼的火星和彩焰构成的花朵，应和着优美的音乐，伴随着接连不断的爆炸声，在空中一轮又一轮竞相开放。焰火消失后，

石　禅 | 绘画

天上留下了一团团白色的烟雾，这些烟雾，也是花卉的形状，它们随风飘动变幻，继续着焰火在夜空里演出的奇妙童话。而天上发生的所有一切，一无遗漏，都同时倒映在湖里……

如果你的想象力不贫乏，那么，在这些千变万化的焰火里，可以联想起大地上所有的奇花异卉，可以联想起一年四季中大自然的美妙风景。当然也会联想起和焰火有关的往事，回忆起和焰火有关的一些难忘瞬间。在中国，和焰火联系在一起的，都是喜庆的节日之夜，国庆、春节，还有那些欢庆胜利的时刻。在我儿时的记忆中，国庆之夜，是烟花的世界。每年国庆节的夜晚，挤在汹涌的人流中，走向南京路，走向人民广场。天黑下来之后，站在街道和广场上的人群都抬头仰望着天空，期盼着激动人心的时刻到来。这样的期盼总不会落空，当那些暗红色的蝌蚪飞上天空，欢快的爆裂声在空中炸响，满天的礼花，用缤纷炫目的光芒照亮每一双眼睛，也将彩色的记忆留在每一个人心里。而春节的焰火，则是另外一种景象，那是老百姓的自娱自乐，是孩子们欢天喜地的缘由。街头巷尾，屋顶阳台，到处有人在放烟花。那烟花，没有国庆的焰火蹿得那么高，也没有国庆的礼花那么辉煌，但热闹的气氛，却是国庆的礼花不能比拟的。如果把国庆的礼花比作花园里国色天香的牡丹，那么，春节的烟花就像大自然中漫山遍野的野花。

天上的烟花像什么？在听到有人这样发问时，除了那些美好的回忆，我的脑海中竟出现了一些和此时气氛毫不相干的景象。那是战争中的夜景：枪弹和炮弹在夜空中划出耀眼的弧线，随之而来的，是爆炸，是火光，是惊悸的呼喊和痛苦的呻吟……

经历过战争时代的人，都有这类恐怖的记忆。父亲在世时，曾经对我说过他的见闻。年轻时，他看见过日本飞机轰炸上海。飞机在天空中隆隆飞过，炸弹从天而降，如飞蝗，如黑鸦，成群成片，接下来就是世界末日般的景象，大地摇撼，火光四起，城市仿佛在地震中颤抖，浓烟起处，很多楼房轰然倒塌。完成魔鬼使命的日军机群很快消失，空中依然白云蓝天，但人间已是惨相遍地。生命的毁灭发生在炸弹落地的瞬间，无数人在爆炸中丧生，火焰里血肉横飞，遇难者少有完整尸身，到处可以看到死者的鲜血和肢体，连树枝和电线上也挂着血淋淋的腑肠……多少个亲和的家庭，在爆炸声中毁灭，来不及留下流连人世的只字片言。曾有人目睹这样的景象，一个在街上奔跑的行人，被飞来的弹片削飞了脑袋，无头的身躯仍在路上疾奔，在人们的惊呼中，行者才倒地而亡……更凄惨的景象，是失去亲人的哀痛。人们至今仍记得，在被炸毁的火车站的站台上，一个未谙世事的孩子，坐在死去的母亲身边，惊惶失措地放声大哭，他的人生，就要从惨绝人寰的爆炸、从亲睹母亲在自己的注视下死去的噩梦中开始。一个记者拍了那个孩子坐在母亲尸体边痛哭的照片，第二天在报上发表，震惊了整个世界。那张照片，展示了战争的残酷，控诉了侵略者的罪行，也保存了那段惨痛的记忆。那个孩子后来的人生，没有人知道。今天，如果他还活着，也已经是年近八旬的老人。也许，那段可怕的经历，是追逐他一生的梦魇。

那个孩子的身边，也是烟和火……

前几天，看电影《东京审判》，遇到电影演员秦怡。看完电影，我们在一起谈观感，秦怡回忆起抗战年代的往事。当时，她在重庆，亲身经历了日本的大轰炸。当侵略者的轰炸机在天空盘旋时，无数人在爆炸中丧生，无数家庭在火光中破碎毁灭。秦怡说起1941年6月5日的重庆隧道大惨案，为躲避日军空袭，两千多人在隧道中窒息而死。秦怡说起那些在黑暗的隧道中苦苦挣扎，最后气绝死去的人的惨状。那些在隧道里死去的人，都是以站立的姿势挤成一堆，水泥的墙上被他们抓出了印痕……这是人世间最痛苦的死亡。秦怡说着，眼睛里泪光闪烁……

秦怡的回忆，使我想起一位重庆老人的悲伤叙述，在日军对重庆的轰炸中，她家有六个亲人丧生。我的电脑中，记录着她那些让人心惊的言语：

“那天是1939年农历八月十四，刚好是我外公一周年祭日。天气很热，全家人刚吃过中午饭，正在玩耍，当时一屋子的人有说有笑，特别热闹。突然，防空警报响了，外婆、老汉儿（父亲）、二姐、大姐两岁半的女儿、舅爷、舅娘、舅娘的女儿，加上我八个人，和另外三个帮工一起躲进附近的防空洞，当时舅娘还有身孕。”

“一会儿，警报解除了，我们从防空洞里出来了。谁知敌机突然又回来了，但我们已经来不及再躲起来了。只听见天空中一阵‘嗡嗡’的声音，一颗炸弹在我家的坝子里爆炸了，房子炸塌了，我们一家人都被埋在了废墟里……我趴在废墟中的两根木桩之间大哭大喊，只见四周树枝上挂着亲人们的衣服碎片，地上是他们的断脚断手断头……

“大姐女儿身上的衣服也不知道哪里去了，从前面看身上一点伤都没有，但背上有一个拳头大小的洞，肠子从里面流出来一大堆。舅娘被掏出来时脑壳却没有了，脖子断得齐齐整整，直到下葬时也没有找到她的头。

“那次轰炸后，附近几个镇的棺材铺都卖缺了。

“过后不久，我和妈妈到菜地摘菜，摘着摘着，突然闻到一股刺鼻的恶臭，呛得我几乎晕过去。这时，我摸到了一个黏糊糊的东西，拿起来一看，妈呀，竟是一个断头，还有头发！上面长满蛆，脑髓已经被野狗吃掉了，但眼睛还瞪着，死不瞑目啊……”

这样的噩梦，和眼下舒展在湖天之间的美妙焰火，没有任何关系。然而，我却无法驱散火光中生发的遥远苦痛的联想。

炮火和焰火，都是火药的爆炸产生的光芒，两者的目的和效果却是天差地别。炮火，是为进攻、为征服、为反抗、为破坏、为杀戮，是人间最可怕最惨烈的景象，是战争、灾难和死亡的象征；焰火，是为庆祝、为团圆、为展示和平的欢乐，为表现人间的繁华和喜悦。同样是火花，同样是爆炸，两者所展示的，却是人类生活中完全不同的两个极端。

在满天满湖绚烂的焰火中，我默默地为人类的和平祈祷。但愿有这样一天，人间本来用来准备战争的火药，都被改做成了烟花，在一个全人类共庆的夜晚，让象征和平团圆的火焰之花开满地球的上空，万紫千红，此起彼伏。有什么花朵能比这样的烟花更美丽呢？它的神奇幸福的光芒，将照亮世界的每一个角落，照亮不同肤色的面孔，也将照亮人类走向繁华安康的未来之路……

附记：某夜，在城郊湖畔参加一个盛大的国际烟花晚会，火花璀璨中，浮想联翩，遂成此文。

2006年9月4日于四步斋